नया ब्राह्मण

(कहानी संग्रह)

नया ब्राह्मण

सूरजपाल चौहान

वाणी प्रकाशन

वाणी प्रकाशन
4695, 21-ए, दरियागंज, नयी दिल्ली 110 002
शाखा
अशोक राजपथ, पटना 800 004
फ़ोन: +91 11 23273167 फ़ैक्स: +91 11 23275710
www.vaniprakashan.in
vaniprakashan@gmail.com

NAYA BRAHMAN
by Surajpal Chauhan

ISBN : 978-81-5000-025-5

Collection of Stories

प्रथम संस्करण : 2009
आवृत्ति : 2014
मूल्य : ₹ 295

हर्ष प्रिंटर्स, दिल्ली-110 093 में मुद्रित

वाणी प्रकाशन का लोगो मक़बूल फ़िदा हुसेन की कूची से

प्रसिद्ध कथाकार
आदरणीय प्रो. काशीनाथ सिंह जी
को सादर समर्पित

साभार

कथादेश, अपना पैगाम, लोक गंगा, परिकथा, हंस, संचेतना,
आउट लुक (हिन्दी), युद्धरत आम आदमी, वसुधा,
वर्तमान साहित्य, काँची, सम्बोधन, कथन,
अन्यथा, वागर्थ, अनभै साँचा,
समकालीन भारतीय साहित्य।

भूमिका

आत्म आलोचक कथाकार सूरजपाल चौहान हिन्दी दलित साहित्य के वह लेखक हैं जिन्हें पढ़कर काशीनाथ सिंह को यह कहना बन्द कर देना पड़ा कि दलित साहित्य लिखने के लिए दलित होना जरूरी नहीं। वैसे तो हिन्दी के कई दलित लेखकों ने ऐसी रचनाएँ लिखी हैं जिन्हें लिखना एक गैर-दलित के लिए मुमकिन नहीं लेकिन वह क्या चीज है कि जिसे हिन्दी के बाकी दलित रचनाकारों की तुलना में सूरजपाल की अपनी विशेषता कहा जा सकता है? मुझे लगता है कि सूरजपाल चौहान उस बात को भी बेधड़क कह जाते हैं जिसे दूसरे दलित रचनाकार नहीं कह पाते या कहना नहीं चाहते। सूरजपाल की निगाह वहाँ जाती है जहाँ दूसरे रचनाकारों की निगाह चूक जाती है। उनका यह नया कहानी संग्रह 'नया ब्राह्मण' इस बात का प्रमाण है। कौन-सी बात है इस संग्रह में जो दूसरे दलित रचनाकारों में नहीं मिलती है? मेरे विचार से यह आत्मालोचन की दृष्टि है जो इस संग्रह की सबसे बड़ी विशेषता है। अपनी ही जाति, समुदाय और समाज के प्रति एक तीखी आलोचनात्मक दृष्टि सूरजपाल की कहानियों को दूसरे दलित कहानीकारों से अलग करती है। कहने की जरूरत नहीं कि अपने समाज के प्रति इस आलोचनात्मक दृष्टि के पीछे सूरजपाल की गहरी ईमानदारी और हृदय की सरलता है जिससे वे ऐसे सत्य को भी सहज भाव से कह जाते हैं जिसे कहने से पहले दूसरे लेखक आगा-पीछा सोचते हैं।

इस संग्रह में एक नहीं, ऐसी कई कहानियाँ हैं जिनमें दलित समाज के अन्दर की, खासकर वाल्मीकि (भंगी) और जाटव (चमार) जाति के अन्दर की कमजोरियों, कमियों और अन्तर्विरोधों की आलोचना की गयी है। इस आलोचना के पीछे अपनी जाति और समाज की कमजोरियों और बुराइयों को दूर करके उनमें एक नयी जागृति, नयी क्रांतिकारी चेतना लाने का दृष्टिकोण झलकता है। उदाहरण के लिए 'बहुरुपिया' कहानी को लें जो इस संग्रह की अच्छी और प्रभावशाली कहानियों में से एक है।

इस कहानी से न सिर्फ वाल्मीकि और जाटों के बीच के जाति-भेद का पता चलता है बल्कि दलितों के नाम पर काम कर रही सरकारी अनुदान प्राप्त संस्थाओं के चरित्र का भी पता चलता है। कहानी में लेखक खुद एक पात्र है जो वाल्मीकि समाज के अन्दर अम्बेडकर की शिक्षाओं का प्रचार करना चाहता है, तो उसकी जाति के अन्दर से ही उसका विरोध होता है—"तू किसी चमार का दिखै, तभी इतनी देर सू चमार राग अलापे जा रहो है।" वाल्मीकि समाज के अन्दर वाल्मीकि की जयन्ती मनाने वाले लोग बजरंग दल और विश्व हिन्दू परिषद के नेताओं की भीड़ इकट्ठा करते हैं। वे लव-कुश को धनुर्विद्या सिखाते महर्षि वाल्मीकि का कैलेंडर छपाते और स्मारिका में दलित साहित्य के नाम पर डॉ. हेडगेवार और हिन्दू धर्म सम्बन्धी लेख छपाते हैं। उसमें अम्बेडकर की शिक्षाओं पर कोई लेख नहीं छापा जाता। इसका विरोध करने पर वाल्मीकि समाज का नेता लेखक को जवाब देता है—"मैं प्रत्येक वर्ष वाल्मीकि जयन्ती मनाने व स्मारिका प्रकाशित कराने के कार्य में पच्चीस-तीस हजार रुपये विभिन्न सरकारी, गैर-सरकारी संस्थाओं से कमा लेता हूँ....आप बताएँ कि पूरे वर्ष लेखन-कार्य में जुटे रहने पर कितना कमा लेते हैं?" तो यह रहस्य है दलित जातियों के उत्थान के नाम पर होने वाले सांस्कृतिक कार्य-कलापों का। ऐसा सिर्फ वाल्मीकि समाज में ही नहीं, दूसरी दलित जातियों में भी होता है। दलित जातियों के नाम पर बनी सरकारी और अर्द्ध-सरकारी संस्थाओं पर भ्रष्टाचारियों ने अपना कब्जा जमा रखा है जो इन संस्थानों के नाम पर सरकारी अनुदान हड़पने का धन्धा करते हैं और बीजेपी के नेतृत्व में बनी सरकार उन्हें अम्बेडकर की विचारधारा के बजाय हिन्दुत्व की विचारधारा फैलाने का माध्यम बनाती है। कितने दलित लेखक हैं जो दलितों के नाम पर चल रही संस्थाओं और होने वाले कार्य-कलापों का ऐसा पर्दाफाश करते हैं? सूरजपाल चौहान में उस किस्म का दलितवाद नहीं मिलता जो दलितों के अन्दर मौजूद अच्छी-बुरी हर चीज का समर्थन करने को ही दलित चेतना समझते हैं। वे अपने समाज के अन्दर की बुराइयों पर उँगली रखने का साहस दिखाते हैं और दलितों के नाम पर भ्रष्ट राजनीति करने वाले तत्त्वों के ख़िलाफ अपनी आवाज उठाते हैं।

दलित समाज को आलोचनात्मक दृष्टि से देखने वाली उनकी एक अत्यन्त शक्तिशाली कहानी 'बदबू' है। इस कहानी में वाल्मीकि (भंगी) जाति की एक लड़की इण्टर में अव्वल आती है। वह आगे पढ़ना चाहती है लेकिन बाप राजी नहीं है। अपनी जाति में उसके बराबर पढ़ा-लिखा लड़का नहीं मिलने पर उसकी शादी म्यूनिसपैलिटी के एक सफाई कर्मचारी नौवीं पास लड़के से कर दी जाती है। विवश लड़की अपने ससुराल में आती है, जो एक गन्दे मोहल्ले में सूअरों के बीच है। सास मैला कमाती है और छुट्टी वाले दिन उसका पति भी माँ के साथ मैला कमाता है। शादी के पन्द्रह दिनों के बाद सास ने उससे भी मैला कमाने को कहा पति ने भी

इसका समर्थन किया। न चाहते हुए भी वह सास के साथ गयी। लौटकर उस रात वह पति से इस काम के प्रति विरोध प्रकट करती है तो उसकी पिटाई कर दी जाती है। उसकी जाति के पड़ोसी जमा हो जाते हैं और वे भी उसको यही काम करने को कहते हैं। लेकिन उसके मन में विरोध का भाव बना रहता है। अब वह रोज मैला कमाने जाने लगी, लेकिन उसका मन उदास होता गया। रात को पति प्यार करता है तो उसे काठ मार जाता है। "उसे लगा जैसे वह जड़ पत्थर हो गयी है।" यह कहानी भंगी समाज के अन्दर शिक्षा के प्रसार से उठने वाली, पैदा होने वाली एक नयी चेतना की कहानी है। इस नयी चेतना की बात तो और दलित लेखक भी करते हैं। लेकिन इतनी ही बड़ी सच्चाई यह भी है कि स्वयं दलित जातियों के अन्दर इस नयी चेतना का विरोध भी कम व्यापक नहीं रहा है। इस विरोध की दलित लेखक अक्सर अनदेखी कर जाते हैं और इस तरह वे सत्य का अधूरा साक्षात्कार करते हैं। सूरजपाल उस विरोध को देखते और दिखाते हैं। इस विरोध के सन्दर्भ में ही वह नयी चेतना और भी ज्यादा महत्त्वपूर्ण और मूल्यवान हो उठती है। लेखक की सारी सहानुभूति उस अकेली और विवश लड़की के प्रतिरोध के साथ है जो शिक्षा के बल पर सदियों से चली आ रही इन जातिगत पेशों के खिलाफ संघर्ष करना चाहती है। लेकिन दलित जातियाँ भी आमतौर पर वैसी ही परम्परावादी हैं जैसी उनका दलन करने वाली सवर्ण जातियाँ। उस अकेली लड़की को उसका भंगी समाज पुश्तैनी जातिगत धन्धे में ढलने के लिए मजबूर कर देता है। इसके बावजूद लड़की का प्रतिरोध खत्म नहीं होता, हालाँकि वह अपना रूप बदल देता है। सामाजिक रूप से सफल नहीं होने पर वह प्रतिरोध कैसे मनोवैज्ञानिक धरातल पर प्रकट होने लगता है, इसकी पहचान करने वाली मर्मभेदी दृष्टि सूरजपाल चौहान के पास है। पति से प्यार के क्षणों में भी उसे काठ जो मार जाता है, वह काठ मारना क्या है? यह जड़ता क्या है? यह भी प्रतिरोध ही है। यह प्रतिरोध का ही एक रूप है। इस जड़ता से वह पति के उस झूठे प्यार का प्रतिरोध करती है जो उसके मन की भावना को नहीं समझता और उसके संघर्ष में उसके साथ नहीं है।

इस संग्रह में एक नहीं, ऐसी कई कहानियाँ हैं जिनमें दलित समाज की कमजोरियों और अन्तर्विरोधों की आलोचना की गयी है। दलित समाज को कल्पित रूप से हमेशा गौरवान्वित करने और उसको अपने शोषकों से हमेशा जीतते हुए दिखाने वाली साहित्यिक कला के बजाय दलित समाज का यह यथार्थ, उसकी ये कमजोरियाँ और उसकी ये पिछड़ी हुई परम्परावादी चेतना कहीं ज्यादा बड़ी सच्चाई है, जो दलित समाज को बहुत आगे नहीं जाने देती है और बदलावों को रोकती है।

अब इस पक्ष को छोड़कर एक दूसरी कहानी की चर्चा करके मैं अपनी बात खत्म करना चाहूँगा। इस कहानी का शीर्षक है 'जाति'। इस कहानी में दिल्ली के एक सरकारी दफ्तर के अन्दर चलने वाली जाति-भावना और अवमानना के बड़े

विश्वसनीय चित्र दिये गये हैं। शिक्षित दलितों को सरकारी कार्यालयों में जिन नयी स्थितियों का सामना करना पड़ रहा है उसी को यह कहानी बड़े जीवन्त रूप में पेश करती है। कहानी में कार्यालय का ब्रांच मैनेजर एक दलित है जबकि उसके मातहत काम करने वाले हैड क्लर्क समेत ज्यादातर कर्मचारी ब्राह्मण या सवर्ण हैं, यहाँ तक कि दलित ब्रांच मैनेजर का अपना चपरासी भी ब्राह्मण है। दफ्तर का हैड क्लर्क शर्मा, कर्मचारी यूनियन का प्रेसिडेंट भी है। वह ब्रांच मैनेजर की खुलेआम अवमानना करता रहता है और उस पर जातिवादी कटाक्ष और टिप्पणियाँ करता रहता है। मैनेजर होने के बावजूद दलित नायक उसका या किसी का भी कुछ बिगाड़ नहीं पाता, क्योंकि दफ्तर के अन्दर के समीकरण ही ऐसे हैं। लिहाजा मैनेजर होने के बावजूद वह तरह-तरह की अवमानना सहने के लिए अभिशप्त है। उसकी जटिल स्थिति और विवशता से उपजे तनाव का वर्णन इस कहानी में मिलता है। यह कहानी बताती है कि जिस संविधान ने इन सरकारी कार्यालयों को जन्म दिया है, उन कार्यालयों तक में संविधान की धाराओं का पालन नहीं किया जाता। समाज में सदियों से चली आ रही जातिवादी प्रथाएँ और सामन्ती मूल्य-मान्यताएँ ही, जिन्हें संविधान गैर-कानूनी करार देता है, इन सरकारी दफ्तरों में चलती हैं। यहाँ आने वाले दलित अफसरों के लिए एक नयी स्थिति है और उनमें से हर एक को इसका हल अपने-अपने ढंग से निकालना होगा। लेकिन कहानी के अन्दर यथार्थ का एक और पक्ष प्रकट होता है। वह पक्ष यह है कि दलित ब्रांच मैनेजर की तरह-तरह से अवमानना करने वाले ब्राह्मण कर्मचारी जब भ्रष्टाचार के मामले में फँस जाते हैं तो अपना सारा जातिगत दम्भ छोड़कर वे भेड़ की खाल पहन लेते हैं और उसी दलित मैनेजर को 'सर-सर' कहने लगते हैं। यह अकेला तथ्य ही यह बताने के लिए काफी है कि सवर्णों का जातिगत दम्भ और अभिमान कितना बेबुनियाद, झूठा और गढ़ा हुआ है।

सूरजपाल चौहान की कहानियों में शिल्प की बारीकियाँ और भाषा की कला कम मिलती है। इनकी जगह एक सरलता देखने को मिलती है। ठीक यही बात उनके व्यक्तित्व के लिए भी कही जा सकती है। अपनी कहानियों की तरह उनका व्यक्तित्व भी भाषा की कला और शिल्प की बारीकियों से मुक्त और सीधा-सरल लगता है। इस सरलता के चलते जैसे वे कई बार जीवन में मार खा जाते हैं, वैसे ही कई बार उनकी कहानियाँ भी कहीं-कहीं मार खा जाती हैं। लेकिन इसी सरलता में इन दोनों की ताकत भी छिपी हुई है।

–वीर भारत तलवार

अध्यक्ष एवं प्रोफेसर
भारतीय भाषा केन्द्र
जवाहरलाल नेहरू विश्वविद्यालय
नयी दिल्ली–110067

अनुक्रम

बदबू

उन दिनों सन्तोष अपने माता-पिता व परिवार के सामने कितना गिड़गिड़ाई थी कि उसे आगे की पढ़ाई जारी रखने दी जाये। लेकिन किसी ने भी उसकी एक न सुनी। उसे आगे पढ़ाने की बजाय घर में बैठा लिया था। उस समय सन्तोष की उम्र ही क्या थी? मात्र 17 वर्ष। उसके परिवार के सदस्यों के सिर तो वह भार लगने लगी थी। अब उन्हें उसकी शिक्षा की नहीं, उसके विवाह की चिन्ता खाये जा रही थी।

सन्तोष अपने कस्बे के किसी भी दलित परिवार की पहली लड़की थी जिसने हाईस्कूल की परीक्षा पास की थी। उसके साथ पढ़ने वाली दूसरी लड़कियाँ विभिन्न क्षेत्रों में उच्च शिक्षा प्राप्त करके आज सफलता के शिखर को चूमने लगी हैं। सुनीता और कान्ता मेडिकल शिक्षा प्राप्त करके अलीगढ़ के सरकारी अस्पताल में सेवारत हैं। गाँव के पण्डित मंगतराम की बेटी आई.ए.एस. करके दिल्ली में ए.डी.एम. के पद पर तैनात है।

उस दिन पण्डित मंगतराम ने भी सन्तोष के पिता को समझाते हुए कहा था–

"किशोरिया, तेरी छोरी पढ़ने में होशियार है, पूरे स्कूल में अव्वल आयी है, मेरी छोरी के संग उसे भी शहर भेज दे, उसके रहने और पढ़ाई का खर्चा भी मैं देता रहूँगा, बस तू एक बार हाँ कर दे।"

किशोरी पर पण्डित मंगतराम की बातों का कोई असर नहीं हुआ। उल्टा, अपना नकारात्मक रुख दिखाते हुए वह बोला–"तुम ऊँची जाति के लोग हो अपनी जवान होती बेटियों को शहर पढ़ने भेज सकते हो, मैं ऐसा करूँगा तो समाज में मेरी नाक कट जाएगी, बिरादरी के सभी लोग ताली देकर हँसेंगे और कहेंगे कि विवाह योग्य

लड़की को शहर पढ़ने भेज दिया...ना पण्डित जी ना, मैं तो अब इसके हाथ पीले करके बेटी-ऋण से मुक्त होना चाहूँ।'' किशोरी एक रौ में अपनी बात कह गया था।

पण्डित मंगतराम व गाँव-कस्बे के समझदार लोगों ने उसे बहुत समझाया कि अब पहले जैसी बात नहीं है। दुनिया बदल रही है, दलित समाज के दूसरे लोग भी अपनी बेटियों को उच्च शिक्षा दिलाने लगे हैं। लेकिन उसने किसी की भी नहीं सुनी। उसके ऊपर तो सन्तोष का विवाह शीघ्र करने का भूत सवार था। उसने साफ-साफ कह दिया था—''मुझे दूसरों से क्या, दूसरे अपनी बेटियों को कहीं भी पढ़ने भेजें, मैं ना भेजने का इसे इतनी दूर, फिर हमने सन्तोष को आगे पढ़ा-लिखाकर कौन-सा कलट्टर (कलेक्टर) बनाना है।''

पिता की ऐसी बातें सुनकर सन्तोष फफक-फफककर रो पड़ी। उसने कई दिनों तक खाना तक नहीं खाया। वह परिवार के हरेक सदस्य के सामने रिरियाती रही, लेकिन किसी ने भी उसकी नहीं सुनी। अब सन्तोष के लिए वर की खोज की जाने लगी। सभी नाते-रिश्तेदार और किशोरी के मित्र इस काम में जुट गये। इण्टर पास तो क्या भंगी समाज में हाईस्कूल पास लड़का भी ढूँढ़ने में नहीं आ रहा था।

किशोरी के गाँव के दलितों की स्थिति आस-पास के गाँवों के दलितों से बेहतर थी। कारण, उसका गाँव अब एक छोटे कस्बे का रूप ले चुका था। किशोरी सवर्णों के खेतों में मज़दूरी करता था। घर में भैंस, गाय और कुछ बकरियाँ थीं—जिनकी देखभाल सन्तोष की माँ और उसके बड़े भइया के जिम्मे थी। सन्तोष के लिए योग्य वर नहीं मिल पा रहा था, इस चक्कर में किशोरी का सैकड़ों रुपया और समय बर्बाद हुए जा रहा था। उसने एक रोज पत्नी से कस्बे के पण्डित मंगतराम और दूसरे लोगों की बातें याद दिलाते हुए कहा—''ससुरे, यूँ कहवे थे कि अब तो दलित समाज में लड़के और लड़कियाँ बड़ी-बड़ी किलासों में पढ़ने लगे हैं लगभग दो साल होने को आये हमारी सन्तोष के लिए तो दसवीं पास भी लड़का ना मिल पा रहा।''

अब घरवालों का गुस्सा सन्तोष के ऊपर उतरने लगा। उसकी माँ ने एक रोज झुँझलाकर उससे कहा—''तुझे इतना पढ़ा-लिखाकर तो हमने आफत मोल ले ली, अब बिरादरी में तेरी बराबर पढ़ा-लिखा लड़का ही नहीं मिलता...हमारी तो किस्मत ही फूट गयी।'' माँ की ऐसी कड़वी बातें सुनकर वह हूक मारकर रो पड़ती, लेकिन उसके प्रति सहानुभूति तो दूर कोई उसके आँसू तक नहीं पोंछता।

आखिर सन्तोष के मामा बंसी ने दिल्ली में उसके लिए एक लड़का खोज ही निकाला। उसके माँ और पिता भी लड़के को देख आये थे। एक रोज माँ ने सन्तोष को अपने सामने बैठाकर कहा—''बेटी सन्ता, तेरे लिए दिल्ली में एक लड़का देखा है, है तो कम पढ़ा-लिखा, लेकिन पक्की नौकरी करता है...राज करेगी बेटी राज।'' माँ

एक साँस में अपनी बात कह गयी थी। दस-पन्द्रह दिनों बाद घर के दूसरे लोगों की बातें सुनने पर उसे ज्ञात हुआ कि लड़का नवीं फेल था और दिल्ली में एम.सी. डी. में सफाई कर्मचारी का काम करता है। ये सब बातें पता चलने पर जब सन्तोष ने विवाह करने के लिए मना किया तो घर के सदस्यों ने उसे लाल-लाल आँखें दिखाते हुए धमकाया, जिससे उसकी आवाज वहीं दबकर रह गयी। सन्तोष जब भी परिवार के किसी सदस्य के सम्मुख अपने मनोभावों को प्रकट करती तो सभी एक स्वर में कहते–"बेटी धन को अधिक पढ़ाना-लिखाना अच्छा नहीं है, इस लड़की को देखो सभी के सामने कतर-कतर जुबान चलाती है...इसने तो सारी लाज-शर्म ही उतारकर रख दी।" आखिर, वही हुआ जो माँ-बाप चाहते थे। महीने भर बाद उसका विवाह कर दिया।

दिल्ली में सन्तोष की ससुराल त्रिलोकपुरी व खिचड़ीपुर के बीच बनी झोंपड़-पट्टी में थी। शादी से पहले ससुराल की जो तस्वीर उसने सँजोकर रखी थी, वह पल-भर में ही धूल-धूसरित हो गयी। पति राजिन्दर एम.सी.डी. में सफाई कर्मचारी का काम तो करता ही था, उसकी सास शकरपुर व लक्ष्मीनगर के इलाके में मोहल्ले कमाने का काम करती थी और छोटी ननद, डी.डी.ए. मयूर विहार के क्वार्टरों में सारे दिन झाड़ू-पोंछा करती फिरती। जिस दिन ऑफिस से पति की छुट्टी होती तो वह भी अपनी माँ के साथ मोहल्ले कमाने चला जाता। घर के सामने नाले के किनारे उसकी सास और पति ने खुड्डी (सूअर पालने का दड़बा) बनायी हुई थी। उस खुड्डी में कुल छोटे-बड़े छह सूअर रहते थे। कभी-कभी ये सूअर ढों-ढों की आवाज करते हुए घर में भी घुस आते। गन्दे नाले में सूअरों का लोट मचाना, सारी रात उनका चिंचियाना, ये सब बातें सन्तोष के लिए नयी थीं। गाँव-कस्बे में रहते हुए उसके पिता ने कभी सूअर पालने का धन्धा नहीं किया था। गाँव की खुली हवा और लम्बे-चौड़े घेर-दगड़ों में उसका बचपन बीता था, लेकिन यहाँ गन्दे नाले में सूअर और कुत्ते लोट मचाते। चारों ओर गन्दगी ही गन्दगी फैली हुई थी और उस गन्दगी में से बदबू का उठता भभका! उफ! उसका दम घुट जाता था।

सन्तोष को ससुराल आये दस-पन्द्रह दिन भी नहीं हुए थे कि एक रोज उसकी सास ने भृकुटि तानते हुए कहा–"अब कितने दिन नयी-नवेली दुल्हन बनकर घर में बैठी रहेगी...कल से मेरे साथ मोहल्ले कमाने चला कर।"

सन्तोष सास की बातें सुनकर स्तब्ध होकर रह गयी। रात को पति से चर्चा करते हुए उसने कहा था कि वह मोहल्ले कमाने नहीं जाएगी। सन्तोष की बातें सुनकर पति ने मुँह से बीड़ी का धुआँ छोड़ते हुए कहा–"क्यों नहीं जाएगी, घर में हाथ पर हाथ रखे कब तक बैठी रहेगी, आज नहीं तो कल तुझे माँ का काम सँभालना ही है।"

इस बात को लेकर दोनों पति-पत्नी में कई दिनों तक जद्दोजहद चलती रही। आखिरकार, एक रोज सुबह-सुबह सन्तोष की सास उसे अपने साथ ले ही गयी। उस दिन साथ में तेरह-चौदह वर्ष की ननद भी थी। ननद झाड़ू-पंजे से पाखानों से मल-मूत्र सँकेलती जाती और सास पानी से पाखाने साफ करती। सास हरेक घर के सामने बारी-बारी से ऊँची आवाज में कहती–"बीजी पानी डालो।" तभी घर से कोई महिला या पुरुष पानी से भरी बाल्टी पाखाने में फेंकता, सास उस पानी से झाड़ू चलाते हुए सन्तोष से कहती–"बहू, अच्छी तरह से देख ले, अब तुझे ही ये पाखाने साफ करने होंगे।"

घर-घर पाखाने साफ करते-करते सास की सलवार आधी से ज्यादा गीली हो गयी थी। कहीं-कहीं तो उसके हाथ-पैरों और शरीर पर भी गन्दगी छिटककर लग गयी थी। सास को ऐसा करते देख, सन्तोष को उबकाई आ गयी। उसने नाक को अपनी साड़ी के पल्लू से ढँक लिया था। सास की नज़र जब उस पर पड़ी तो उसने डपटते हुए कहा–"देख बहू काम से नफरत ना करें, यह तो म्हारा खानदानी काम है...यदि यह काम हम नहीं करेंगे तो भला कैसे गुजारा होगा म्हारा (हमारा)।"

एक घर की लैट्रिन साफ करते व सन्तोष की ओर इशारा करते हुए घर की मालकिन से कहा–"बीजी, यह मेरी पुत-बहू है, रजिन्दर की घरवाली अभी नयी-नयी है, इसे काम के तरीके सिखाणे लायी हूँ, इब इसे ही यह सब सँभालना है।" सास बिना रुके अपनी बात कह गयी थी

घर की मालकिन ने सन्तोष के मुख को निहारते हुए पाखाना साफ करती बुढ़िया से कहा–"इमरती, इतनी सुन्दर और नयी-नवेली बहू से यह सब कराते तुझे अच्छा लगेगा क्या? यह तो दिखने में भी पढ़ी-लिखी लगती है।"

मालकिन ने सन्तोष की झोली में दो रुपये और एक रोटी रखते हुए उससे पूछा–

"कितनी पढ़ी-लिखी है तू।"

"हाईस्कूल।" सन्तोष ने नजरें नीचे झुकाते हुए संक्षिप्त उत्तर दिया।

"अच्छा, हाईस्कूल!" मालकिन फटी-फटी आँखों से सन्तोष को देखे जा रही थी। सन्तोष फिर बुदबुदाई–"सत्तर प्रतिशत अंक आये थे मेरे हाईस्कूल में।"

"सत्तर प्रतिशत।" मालकिन भौचक होकर रह गयी। उसे विश्वास ही नहीं हो रहा था कि भंगिन लड़की के भी इतने अच्छे अंक आ सकते हैं। वह असमंजस में सन्तोष से फिर बोली–"बेटी, तू यह काम मत करना, अपनी सास और ननद को ही करने दे यह काम।"

"हाय-हाय बीजी, क्या कहन लाग रही हो? तुम तो बहू को उल्टा ही पाठ पढ़ाने लगीं, मेरी बेटी की अगले महीने शादी हो जागी (जाएगी) इब बहू यह काम ना करेगी

तो क्या इस बुढ़ापे में मैं ही खटती रहूँगी?" सास ने हाथ नचाते हुए कहा था। मालकिन बुढ़िया की बात सुनकर चुप रही। उसने उससे इस विषय पर चर्चा करना ही उचित नहीं समझा।

सारे दिन सन्तोष के मन में उथल-पुथल मची रही। रात को पति से फिर उसने सीधे-सीधे शब्दों में पाखाने न साफ करने की बात कही। उसकी बात सुनकर पति भड़क उठा था और आग-बबूला होते हुए बोला–"तू नहीं करेगी तो क्या तेरा बाप करने आयेगा?" बात करते-करते उसने सन्तोष को एक थप्पड़ भी जड़ दिया। वह कुछ देर रोती रही। फिर थोड़ी देर बाद हिम्मत जुटाते हुए बोली–"चाहे मेरी जान चली जाए पर मैं यह गन्दा काम हरगिज नहीं करूँगी।"

"साली, तू कौण-सी बणिया या बामण की जाई है जो यह काम ना करेगी?" पति ने इस बार लात का वार उसकी पीठ पर किया। वह अब पलँग से धरती पर जा गिरी।

सन्तोष ने अपने को सँभालते हुए फिर कहा–"मैं पढ़ी-लिखी हूँ और फिर यह काम मैंने तो क्या मेरे माँ-बाप ने भी नहीं किया।"

"पढ़ी-लिखी है तो क्या हुआ, ऐसी कौण-सी अनोखी बात है, मैं भी तो नवीं फेल हूँ, बीस हजार रिश्वत के दिये थे काम पाने के बदले तब कहीं जाकर लगी म्यूनिस्पल्टी में झाड़ू की नौकरी, अरे हम भंगी हैं भंगी, म्हारा पेशा ही है झाड़ू लगाना।" पति ने चीखते हुए सन्तोष से कहा पति की ऊँची आवाज सुनकर सास और ननद के साथ-साथ पास-पड़ोस के लोग भी इकट्ठे हो गये थे। औरतों की संख्या कुछ अधिक थी। पड़ोसियों को जब सच्ची बात पता चली तो वे सभी हैरान थे। औरतों ने सन्तोष को ताने मारते हुए कहा–"ऐसा लगे कि बहू भंगिन नहीं कोई पण्डिताइन है, अरे, सास के साथ काम पर नहीं जाएगी तो क्या सारे दिन पलँग तोड़ेगी।"

सारी रात सन्तोष उधेड़-बुन में लगी रही कि अब क्या होगा? सास अपनी ज़िद पर अड़ी हुई थी। पति ने इस बार प्यार से उसके सिर पर हाथ फेरते हुए समझाया–"सन्तोष, बस एक-दो दिन दिक्कत आएगी, फिर धीरे-धीरे अपने आप आदत पड़ जाएगी, एक बार शुरू तो कर, सब ठीक हो जाएगा।" पति अपनी बात कहकर और एक ओर को करवट लेकर खर्राटे भरने लगा।

दूसरी ओर, सन्तोष की आँखों से नींद कोसों दूर थी। रात-भर करवटें बदलते और सोचते-सोचते उसे पता ही नहीं चला कि भोर कब हो गयी। उसकी सास घर के द्वार पर खड़ी होकर टेर लगा रही थी–"अरे अब कब तक सोती रहेगी, चल उठ और जल्दी से हाथ-मुँह धोकर मेरे साथ काम पर चल।"

आवाज सुनकर रजिन्दर भी उठ गया था। उसने लेटे-लेटे सन्तोष से कहा—"जा अम्मा के साथ, और अब मैं तेरी शिकायत सुनना ना चाहूँ, अम्मा के साथ काम में मन लगाना शुरू कर दे, इसी में तेरी भलाई है।"

बुढ़िया ने मल-मूत्र उठाने वाली टोकरी सन्तोष के हाथों में थमा दी और खुद झाड़ू और पंजा उठा लिये। सास के पीछे-पीछे चलते उसके मन में अंतर्द्वन्द्व चल रहा था—दूसरे समाज के पढ़े-लिखे तो दूर अनपढ़ होकर भी यह काम नहीं करते, वे दूसरा अन्य काम करके अपना जीवन-यापन कर लेते हैं, लेकिन यह गन्दगी से भरा काम कतई नहीं करते, आखिर, हमारी जात-बिरादरी के लोग ही यह काम क्यों करते हैं? सन्तोष के मन में तरह-तरह के विचार आ-जा रहे थे कि तभी एक घर के पाखाने के समीप पहुँचकर सास ने अपने चिर-परिचित अन्दाज में ऊँचे स्वर में आवाज लगायी—

"बीजी पानी डालो।"

सास की आवाज सुनकर सन्तोष की विचार-शृंखला टूटी और वह सास से दूर हटकर एक ओर को खड़ी हो गयी। कुछ देर बाद अन्दर से बाल्टी भरकर फेंके गये पानी के साथ गन्दगी का रेला पाखाने के पिछवाड़े से बहकर सास के कदमों के पास आ गिरा। मल-मूत्र से मिले पानी के छींटों से सास के पैर सन गये थे। सन्तोष थोड़ी दूर हटकर खड़ी थी, लेकिन पानी का रेला इतना तेज था कि कुछ छींटे उसकी साड़ी पर आ गिरे। सास ने सन्तोष को आवाज देते हुए कहा कि वह पानी से मल निकाल कर जल्दी से टोकरे में रखे। इस तरह सास ने घर-घर जाकर उससे मल उठवाया। गन्दगी और मल से टोकरा बजबजा रहा था और उस पर असंख्य मक्खियाँ भिन-भिना रही थीं। सास ने सन्तोष की साड़ी पर पड़े मल के छीटों को देखते हुए कहा—

"बहू तू तो एकदम अनाड़ी है, अरे बावली गू-मूत उठाते समय धोती या सलवार को ऊपर उड़स लिया करें, चल आज पहला दिन है, कोई बात ना, घर चलकर मुँह-हाथ धोकर कपड़े बदल लियो।" सास ने मल-मूत्र से भरा टोकरा अब सन्तोष के सिर पर रख दिया और उसे दूर सड़क पार खत्ते पर फेंकवाने साथ-साथ चल पड़ी। सन्तोष ने कभी सोचा भी न था कि उसे ऐसा नारकीय जीवन जीना होगा। अब उसकी आँखों से अश्रु-धारा बह रही थी। मल-मूत्र से भरे टोकरे से उसके हाथ भी लिबड़ गये। बदबू के मारे उसका बुरा हाल था और सिर फटने को हो रहा था। अब उसे लगातार उबकाई पर उबकाई आ रही थी। वह अपना सिर पकड़कर एक ओर बैठ गयी। सास ने उसकी पीठ को सहलाते हुए अब घर चलने को कहा उसने अपनी सास का हाथ झटककर अपने शरीर से दूर कर दिया था। उसे उस समय ऐसा लगा कि उसकी सास उसकी पीठ सहलाने के बहाने मानो उसकी पीठ पर मल-मूत्र पोत रही हो। बस, किसी तरह वह डगमगाती वहाँ से चल पड़ी। घर आते-आते उसकी

तबीयत बहुत बिगड़ गयी। उबकाइयाँ बन्द होने का नाम नहीं ले रही थीं। आते ही सबसे पहले वह नहाने दौड़ी। गुसलखाने में जितना पानी रखा था, सारा का सारा उसने अपने शरीर पर उँड़ेल लिया था। कई-कई बार साबुन से रगड़-रगड़कर पूरे शरीर को साफ किया। उसे अब भी ऐसा लग रहा था जैसे उसका पूरा शरीर मल-मूत्र से लथपथ हो। हाथों की उँगलियाँ जो गन्द से सन गयी थीं, उन्हें वह काटकर अलग कर देना चाहती थी। किसी तरह अपने को सँभालते हुए वह गुसलखाने से बाहर आयी। अब सास गुसलखाने में हाथ-मुँह धोने घुसी। गुसलखाने में पानी की एक बूँद भी न देखकर सास के तन-बदन में आग लग गयी। वह सन्तोष को ताना मारते हुए बोली–

"सहाबजादी की बच्ची, सारा पानी तूने ही खर्च कर दिया, इब दूसरे क्या तेरे मूत से हाथ-मुँह धोएँगे।"

सन्तोष के कपाल में तो बजबजाती गन्दगी की बदबू चढ़ी हुई थी। नहाने के बाद भी उसे मतली आ रही थी। इसी दौरान सास पड़ोस में जाकर अपना मुँह-हाथ धो आयी। पाखाने साफ करने के बदले घर-घर से मिली रोटियों और सब्जी को सास ने एक बड़ी थाली में रखा। एक रोटी पर सब्जी रखकर सास ने सन्तोष की ओर बढ़ाते हुए खाने को कहा सन्तोष सुबह से भूखी थी, रोटी को देखते ही भूख और तेज हो गयी। सन्तोष जैसे ही कौर तोड़कर मुँह की ओर ले जाने लगी कि तभी उँगलियों में दबा वह निवाला उसे पाखाने जैसा लगा। उसे फिर उबकाई आयी, हाथ से रोटी दूर जा गिरी। लगातार उबकाई पर उबकाई आने से वह निढाल होकर एक ओर को गिर पड़ी थी। सन्तोष की हालत ऐसी हो गयी थी कि उसे घर में रखी हरेक वस्तु मल-मूत्र से भरा टोकरा ही नज़र आती।

एक रोज उसके बड़े भइया उससे मिलने घर आये। भइया को देखकर वह उनसे गले मिलकर रोयी जरूर थी, लेकिन किसी भी तरह की बात नहीं की। और न उसने दूर कस्बे में रह रहे अपने माता-पिता के विषय में कुछ पूछा ही। भइया बार-बार उससे बात करने की कोशिश करते, लेकिन सन्तोष उनकी किसी बात का कोई उत्तर नहीं दे रही थी। बस, वह गुमसुम ही बनी रही। इसी दौरान उसकी सास ने उसके भइया के लिए खाना लगाया। एक कटोरी में दाल, दूसरी में आलू की सब्जी, तीसरी कटोरी में भिंडी की सब्जी और थाली में रोटियों के साथ दो-तीन तरह का अचार था। सन्तोष के भइया खुशी-खुशी स्वाद लेकर खाये जा रहे थे। वह मन-ही-मन सोच रहे थे–सन्तोष के ससुराल वाले रहते झोंपड़ पट्टी में हैं, लेकिन खाने-पीने में कतई कोताही नहीं बरतते, इतनी तरह की सब्जियाँ तो एक साथ उसके सामने आज तक किसी ने नहीं परोसीं! वह सोचते जाते और स्वाद लेकर खाते जाते।

भइया सन्तोष को देखकर मन्द-मन्द मुस्कुरा रहे थे–यह सोचकर कि उसकी

मुझे लगा कि डॉ. रामसेवक ठीक ही कह रहा है। उसकी बातें सुनकर बीते वर्ष की एक घटना मुझे याद हो आयी और मैंने उसका जिक्र रामसेवक से कर दिया। चौदह अप्रैल की बात थी। दिल्ली की जे. जे. कालोनी, त्रिलोकपुरी में मेरे एक साहित्यिक मित्र दिनेश ने अपनी गली में मेरे कहानी-पाठ का कार्यक्रम रखा था। उस गली में अधिकतर वाल्मीकि समाज के लोग रहते हैं। मैं अपना कहानी पाठ शुरू करूँ, उससे पहले वहाँ एकत्र लोगों की भीड़ को बाबा साहेब के विषय में जानकारी देते हुए मैंने कहना शुरू किया–

"दलित समाज के लोग बाबा साहेब डॉ. अम्बेडकर की शिक्षाओं को अपनाकर और पढ़-लिखकर आज कहाँ से कहाँ पहुँच रहे हैं...आप लोग भी उनके बताये मार्ग पर चलना शुरू कर दो, अपने बच्चों के हाथों से झाड़ू छीनकर दूर फेंक दो और कलम थमा दो, देवी-देवताओं की पूजा-अर्चना व पाखण्ड आदि से दूर रहो।"

मैं बड़े मनोयोग से अपने विचार प्रकट कर रहा था। सभी शान्त-भाव से मेरी बात सुन रहे थे। एक पल मुझे लगा कि मेरी बातों का प्रभाव उन पर पड़ रहा है। तभी एक अधेड़ उम्र का व्यक्ति भीड़ के बीच से उठा और अपनी कमीज़ की बाजू ऊपर चढ़ाते हुए ऊँचे स्वर में बोला–"तू किसी चमार का दीखै, तभी इतनी देर सू चमार-राग अलापे जा रहौ है, अरे महा-मूरख, हमारे गुरु तो भगवान महर्षि वाल्मीकि स्वामी हैं, हमें अम्बेडकर से का लेनो-देनो, बन्द कर अपनी यू बकवास।"

मैं उस व्यक्ति की बातें सुनकर अवाक् रह गया। उसकी इस तरह की बेहूदा बातें सुनकर वहाँ भीड़ में बैठे सभी ठहाका लगाकर हँस पड़े और मैं उपहास का पात्र बनकर खड़ा था। मेरे बार-बार के अनुरोध पर भी लोग मेरी बात सुनने को तैयार न थे। थोड़ी ही देर में सभी एक-एक करके वहाँ से चले गये। डॉ. रामसेवक ने इस घटना को सुनकर मेरे कन्धे पर हाथ रखते हुए व उपन्यास सम्राट मुंशी प्रेमचन्द द्वारा कही बात को दोहराते हुए कहा–"विशाल जी, जाति सेवा में शरीर को घुलाना पड़ता है, रक्त को जलाना पड़ता है यही जाति सेवा का उपहार है।"

उसने अपनी आगे की योजना बताते हुए फिर कहा–"अगले माह अक्टूबर में महर्षि वाल्मीकि जयन्ती के अवसर पर मैं एक स्मारिका प्रकाशित करने जा रहा हूँ जो वाल्मीकि समाज में हो रहे रचनात्मक कार्यों के चित्रों व विवरण सहित प्रकाशित होगी, इस स्मारिका के माध्यम से मैं आप जैसे और अन्य दलित लेखकों के विचार वाल्मीकि समाज में पहुँचाना चाहता हूँ।"

डॉ. रामसेवक की विचारधारा जानकर अब मैं आत्मविभोर हो गया था। मैं मन-ही-मन सोच रहा था–वाल्मीकि समाज में कोई ऐसा व्यक्ति तो है जो इस वर्ग की

भलाई के विषय में सोचता है वरना आज तक दलित समाज के बड़े-बड़े नेता इनके वोटों पर राजनीतिक रोटियाँ ही सेंकते रहे हैं।

घर से चलते हुए डॉ. रामसेवक ने 'वाल्मीकि ज्योति' नामक एक पत्रिका मुझे थमाते हुए कहा–"हम प्रतिवर्ष वाल्मीकि जयन्ती पर एक भव्य कार्यक्रम का आयोजन करते हैं, उसी कार्यक्रम में स्मारिका का विमोचन भी कराते हैं...जयन्ती वाले दिन आप अवश्य पधारें और वहाँ आकर बाबा साहेब की शिक्षाओं के बारे में लोगों को विस्तार से बताएँ, आप जैसे दलित लेखक द्वारा कही बातों का प्रभाव लोगों पर अवश्य पड़ेगा।"

मैंने डॉ. रामसेवक को विश्वास दिलाते हुए कार्यक्रम में आने की हामी भर दी थी। जयन्ती का कार्यक्रम मन्दिर मार्ग, नयी दिल्ली के वाल्मीकि मन्दिर पर रखा गया था। मैं कार्यक्रम में समय पर पहुँच गया था। डॉ. रामसेवक द्वारा आयोजित उस कार्यक्रम की गतिविधियाँ देखकर मैं दंग रह गया। पण्डाल के प्रांगण में हिन्दू रीति-रिवाज़ से यज्ञ चल रहा था। हवनकुण्ड के चारों ओर वाल्मीकि समाज के बच्चे, बूढ़े और औरतें बैठी हुई थीं। वाल्मीकि समुदाय में से ही मनोनीत एक व्यक्ति तिलकधारी ब्राह्मण का रूप धरे जोर-जोर से मन्त्रों का जाप कर रहा था, क्योंकि ब्रह्मा के मुख से उत्पन्न तथाकथित असली ब्राह्मण की वाल्मीकियों के बीच में आकर उसकी नाक न कट जाती। मुझे ऐसा लगा कि मैं गलत जगह आ गया हूँ। डॉ. रामसेवक का रूप देखकर मैं अपना सिर पकड़कर एक ओर को बैठ गया और सोच में डूब गया।

वाल्मीकि समाज में डॉ. बाबा साहेब अम्बेडकर की शिक्षाओं के प्रसार-प्रचार की बातें करने वाले रामसेवक और तमाम तरह की दलित संस्थाओं के अलमबरदारों में तनिक भी तो अन्तर नहीं है। दिल्ली क्या? पूरे देश में ही तरह-तरह की संस्थाओं द्वारा पुरस्कारों की जो रेवड़ियाँ बाँटी जा रही हैं, उन पर जितना लिखा जाए कम ही रहेगा। ऐसे ही एक दलित संस्था के मठाधीश ने गतवर्ष भोपाल में मुझे, 'महर्षि वाल्मीकि गौरव सम्मान' से सम्मानित करने की घोषणा कर डाली थी। मुझे उस संस्था के मठाधीशों की बुद्धि पर तरस आया था। शायद, वे मठाधीश मेरी विचारधारा से अनभिज्ञ रहे हों। बस, यह सोचकर कि मैं वाल्मीकि वर्ग से हूँ, उन्होंने मुझे 'महर्षि-गौरव सम्मान' देने का निर्णय कर डाला। उन मठाधीशों ने इस सम्मान के बदले मुझसे संस्था के लिए सदस्यता शुल्क एवं सम्मेलन में भाग लेने के लिए अलग से पंजीयन (रजिस्ट्रेशन मनी) भोजन आदि पर खर्च होने वाले व्यय पर अग्रिम रकम की माँग की थी। बाद में मैंने उन्हें फटकार लगाते हुए विरोध-पत्र लिखा था। पत्र

रामसेवक की बातें सुनकर मेरे तन-बदन में आग लग गयी। मैं उससे अपने घर से चले जाने को कहूँ कि तभी वह तपाक से बोला—"मैं प्रत्येक वर्ष वाल्मीकि जयन्ती मनाने व स्मारिका प्रकाशित करवाने के कार्य में पच्चीस-तीस हजार रुपये विभिन्न सरकारी, गैर-सरकारी संस्थाओं से कमा लेता हूँ आप बतायें कि पूरे वर्ष लेखन-कार्य में जुटे रहने पर कितना कमा लेते हैं? दो हजार, तीन हजार या अधिक से अधिक पाँच हजार।" मैं अपना स्पष्टीकरण उसे दूँ कि उससे पहले ही उसने मेरे हाथ पर पाँच हजार रुपयों की गड्डी रखते हुए कहा—

"लेखक महोदय, यह पकड़ो, इन रुपयों से भगवान महर्षि वाल्मीकि के ऊपर एक पुस्तक लिख डालो, ध्यान रहे उस पुस्तक में महर्षि वाल्मीकि को भंगी जाति का पुरखा साबित करना है, यह पुस्तक वाल्मीकि समाज में रातों-रात बिक जायेगी फिर देखना, वाल्मीकि समाज में आपका कितना नाम होगा, हो सके तो पुस्तक की बिक्री के लाभ का कुछ हिस्सा मुझे भी दे देना।"

डॉ. रामसेवक का चेहरा अब किताब के खुले पन्ने की तरह मेरे सामने था। अन्त में घर के द्वार से निकलते हुए मुझसे धमकी भरे शब्दों में वह बोला—"मैं आपकी अपनी जात-बिरादरी से हूँ, किसी दूसरे के सामने गुरु वाल्मीकि स्वामी के विषय में अपशब्द न कहें, कहीं ऐसा न हो कि कोई तुम्हारे हाथ-पाँव... ।"

उस बहुरुपिये की बातें सुनकर मैं सन्न रह गया। मेरे मुँह से बोल नहीं निकल रहे थे। बस, मैं हतप्रभ होकर उसका चेहरा निहारे जा रहा था।

सारे जहाँ से अच्छा

सेना का ऑफिसर्स मैस दुल्हन की तरह सजा हुआ था। मैस के सामने वाले पार्क में एक बहुत बड़ा पण्डाल बनाया गया, जिसमें मंच को बड़ी भव्यता के साथ सजाया हुआ था। कैप्टन वीरेन्द्र को विश्वास नहीं हो रहा था कि उनका विदाई समारोह इतनी धूमधाम से किया जायेगा।

बाईस वर्ष नौकरी करने के बाद वह आज रिटायर हो रहे थे। वैसे तो कैप्टन वीरेन्द्र पुराने जमाने के मैट्रिक पास थे और थल सेना में एक सिपाही की हैसियत से भर्ती हुए थे। कमीशन प्राप्त करने के साथ-साथ युद्ध में वीरता का प्रदर्शन करने से वह कैप्टन के पद पर पहुँचे थे। सेना के सभी छोटे-बड़े अधिकारी वीरेन्द्र से खुश रहते थे। वीरेन्द्र ने देश की सीमा पर सन् पैंसठ और इकहत्तर के युद्धों में अपने शौर्य का अच्छा परिचय दिया था। इकहत्तर के भारत-पाक युद्ध में तो कैप्टन वीरेन्द्र ने अपनी सूझ-बूझ से दुश्मन की फौज के दाँत खट्टे किये और अपनी टुकड़ी का संचालन करते हुए दुश्मन की फौज के कई सौ सैनिकों को हथियारों सहित आत्म-समर्पण करने के लिए विवश किया था। उनकी इस बहादुरी से खुश होकर उस समय जनरल जे.एस. अरोड़ा ने उन्हें गले से लगा लिया था। बाद में गणतन्त्र दिवस के अवसर पर देश के राष्ट्रपति ने उन्हें शौर्य-चक्र से सम्मानित किया था।

ऑफिसर्स मैस में लगे पण्डाल और वहाँ बने मंच के एक ओर रंग-बिरंगी पोशाकें पहने थल सेना बैण्ड के जवान दो कतारों में खड़े राष्ट्रीय धुन बजा रहे थे—

''सारे जहाँ से अच्छा, हिन्दोस्तां हमारा-हमारा.... ।''

मेजर पवन कुमार धींगरा तो कार्यक्रम में पहले ही पधार चुके थे। बस, इन्तजार था कर्नल आर. के. अहलूवालिया का, क्योंकि विदाई समारोह की रस्म उनके द्वारा ही होनी थी। थोड़े इन्तजार के बाद कर्नल अहलूवालिया की गाड़ी वहाँ पहुँच गयी। मेजर धींगरा ने आगे बढ़कर उन्हें सैल्यूट किया। कैप्टन वीरेन्द्र भी साथ थे। कर्नल ने भी जवाब में उन दोनों को सैल्यूट किया। वे दोनों कर्नल को मंच तक साथ लेकर गये। वहाँ एकत्र सभी अधिकारी कर्नल के सम्मान में खड़े हो गये। बैण्ड की धुन हवा में तैर रही थी।

कैप्टन वीरेन्द्र के साथ काम करने वाले साथियों ने उनकी प्रशंसा में दो-दो शब्द कहे। मेजर पवन कुमार धींगरा ने भी सन् इकहत्तर के युद्ध की याद दिलाते हुए कैप्टन वीरेन्द्र की प्रशंसा की और कहा कि कर्नल साहब उन्हें विदाई के समय सेना की ओर से प्रतीक-चिह्न प्रदान करें, उससे पहले कैप्टन मंच पर आकर इस अवसर पर अपने उद्गार व्यक्त करें। कैप्टन वीरेन्द्र मेजर की बात सुनकर मंच पर आये। उन्होंने एक बार फिर कर्नल को सैल्यूट किया और बोले—''साथियो, मैं आज आपके बीच से रिटायर हो रहा हूँ...मेरे सम्मान में आज जो समारोह आप सबने किया है, इसके लिए मैं आपका आभारी हूँ।''

कैप्टन वीरेन्द्र ने अपनी आगे की योजना बताते हुए अपनी बात जारी रखी—''साथियो, मैंने बचपन में छठी कक्षा में एक पाठ पढ़ा था, जिसमें एक बच्चा अपने मन की बात अपने माता-पिता से कहता है कि वह बड़ा होकर पढ़ा-लिखा किसान बनेगा, इसी प्रकार मैं भी किसान बनना चाहता था...एक पढ़ा-लिखा किसान...लेकिन परिवार वालों के पास खेती के लिए ज़मीन न थी, अब समय आ गया है कि मैं गाँव जाकर खेती के लिए ज़मीन खरीदूँ और खेती-बाड़ी करूँ, जो सपना बचपन में सँजोया था, उसे पूरा करूँ और जय जवान-जय किसान के नारे... ।''

कैप्टन वीरेन्द्र की बात पूरी भी न हो पायी कि तालियों की गड़गड़ाहट से पूरा पण्डाल गूँज उठा। कर्नल अहलूवालिया ने आगे बढ़कर उनका कन्धा थपथपाते हुए कहा—''कैप्टन, हमें पूरा विश्वास है कि तुम अपने मिशन में जरूर कामयाब होगे, हमारी शुभकामनाएँ तुम्हारे साथ हैं....मे गॉड ब्लैस यू।''

कर्नल आर. के. अहलूवालिया कुछ अधिक न कह पाये। वह वीरेन्द्र की बातें सुनकर पहले ही गद्‌गद हो गये थे। बस, इतना ही बोले—''कैप्टन वीरेन्द्र की बातें सुनकर मुझे बहुत खुशी है, लोग रिटायरमेंट की बातें सुनकर गहरे सोच में डूब जाते

हैं, अपने भविष्य को लेकर चिन्ता व्यक्त करने लगते हैं लेकिन कैप्टन वीरेन्द्र में इच्छा-शक्ति है, जिस प्रकार वीरेन्द्र ने सेना में रहकर देश की सीमा की रक्षा की और नाम कमाया उसी प्रकार अब वह किसान के रूप में अपना नाम स्थापित करेंगे, इसका हमें पूरा विश्वास है।"

कर्नल ने वीरेन्द्र को सेना का प्रतीक-चिह्न और गुलदस्ता भेंट करते हुए कहा—"जय हिन्द।"

"जय हिन्द।" जवाब में कैप्टन वीरेन्द्र ने भी कहा उस दिन सेना की कार कैप्टन को उनके घर तक छोड़ने आयी थी और साथ थे मेजर पवन कुमार धींगरा। मेजर धींगरा ने रास्ते में कैप्टन से लम्बी बातचीत करते हुए कहा—"कैप्टन, तुम भाग्यशाली हो कि रिटायर होकर अपने गाँव जा रहे हो...एक मैं हूँ कि अगले साल रिटायर होकर मुझे दिल्ली में ही डिफेंस कॉलोनी में रहना पड़ेगा।"

"क्यों सर, क्या आपका गाँव नहीं है?" वीरेन्द्र ने मेजर से प्रश्नवाचक दृष्टि से देखते हुए पूछा था।

मेजर धींगरा ने लम्बी साँस छोड़ते हुए कहा—"था, अब नहीं है, सब कुछ पाकिस्तान में ही छूट गया...बँटवारे की आशंका से माता-पिता के साथ बहुत पहले से ही दिल्ली में आकर बस गया...सच कैप्टन, गाँव का होना भी कितना अच्छा होता होगा!"

"यस सर, अपने पुरखों के गाँव और अपनी जन्मभूमि से एक भावनात्मक लगाव होता है...हमारा देश गाँवों का देश कहलाता है, देश के गाँवों के विषय में कुछ लोगों ने प्रशंसा करते हुए कहा है—भारत के गाँवों में देश की आत्मा निवास करती है और भारत के गाँव स्वर्ग हैं।" कैप्टन वीरेन्द्र ने मेजर धींगरा से सहानुभूति प्रकट करते हुए कहा था। कैप्टन की बातें सुनकर मेजर धींगरा के चेहरे पर कई भाव आ-जा रहे थे। इतने में वीरेन्द्र का घर आ गया। मेजर ने वीरेन्द्र को शुभकामनाएँ देते हुए एक बार फिर हाथ मिलाया। ड्राइवर ने कार का दरवाजा खोला और वीरेन्द्र उतरकर अपने घर में आ गये।

कैप्टन वीरेन्द्र का परिवार पहले ही गाँव जा चुका था। दस-पन्द्रह दिन बाद वह भी अपने रिटायरमेंट का रुपया लेकर गाँव पहुँच गये। वीरेन्द्र ने गाँव की भूमि पर पैर रखा तो उनका हृदय बल्लियों उछल रहा था। उन्होंने चारों ओर नज़र दौड़ाई, दूर-दूर तक लहलहाती फसलों को देखकर झूम उठे थे वह। खड़ी फसलों पर

दृष्टि फेंकते अब वह गाँव की ओर बढ़े आ रहे थे। गाँव की मिट्टी से उठती सोंधी-सोंधी सुगन्ध उनके नथुनों में तैर रही थी। वीरेन्द्र उस समय हुलसित थे। रिटायरमेंट के समय बजी थल सेना बैण्ड की धुन मानो उनके कानों से टकरा रही हो।

"सारे जहाँ से अच्छा, हिन्दोस्ताँ हमारा-हमारा...।"

वह यह सोचकर मन-ही-मन बड़े खुश थे कि अब उनके पास इतना रुपया है कि ज़मीन खरीदकर खेती करेंगे और जिन्दगी आराम से बसर करेंगे। कुछ दिनों बाद ही उन्होंने इस विषय पर अपने मोहल्ले के बड़े-छोटों से चर्चा शुरू कर दी। उन्हें अपने चाचा सुमरू से ज्ञात हुआ कि गाँव का बदनी ठाकुर अपनी ज़मीन का कुछ हिस्सा बेचना चाहता है। ठाकुर को भी उड़ते-उड़ते खबर मिल गयी कि बलुआ का छोरा मिलिट्री से रिटायर होकर गाँव आ गया है और गाँव में रहकर खेतीबाड़ी का काम करना चाहता है।

बदनी ठाकुर के पास अस्सी बीघा ज़मीन थी। इतनी लम्बी-चौड़ी ज़मीन की देखभाल उससे नहीं हो पाती थी। इसका एक कारण यह भी था कि अब गाँव में मजदूरों का मिलना कठिन हो गया था। गाँव में मजदूरी करने वाले अधिकतर अब शहरों की ओर निकल गये थे। क्योंकि गाँव में उन्हें अपनी मेहनत के पूरे पैसे न मिल पाते। गाँव के ठाकुर-जमींदार मज़दूरों से मेहनत तो पूरी लेते, लेकिन मज़दूरी माँगने पर उन्हें डराया-धमकाया जाता था। बस, यही सोचकर कि गाँव में रहकर भूखा थोड़ा ही मरना है, गाँव के अधिकतर मज़दूर शहरों की ओर कूच कर गये। दूसरे ठाकुरों की तरह बदनी ठाकुर ने भी अपनी ज़मीन का आधे से अधिक हिस्सा बटाई पर दे रखा था। वह मन से चाहता था कि ज़मीन का कुछ हिस्सा बेच दिया जाए और जेब में नकद रुपया आ जाए। बदनी अपनी ज़मीन के विषय में पिपरोही गाँव के श्यामा लोधे से बात कर चुका था। लेकिन अभी तक दाम को लेकर सौदा पट नहीं पाया था।

कैप्टन वीरेन्द्र को ज़मीन तो खरीदनी ही थी सो एक रोज अपने चाचा सुमरू के साथ वह ठाकुर बदनी के घर जा पहुँचे। वीरेन्द्र सोच रहे थे कि ठाकुर पन्द्रह-बीस बीघा ज़मीन बेच दें तो अच्छा हो। एक ही जगह पन्द्रह-बीस बीघा का चक उसे मिल जाएगा। ठाकुर के घर पहुँचकर पता चला कि वह बैठक में है। वे दोनों बैठक की ओर चल दिये। ठाकुर चारपाई पर बैठा हुक्के के लम्बे-लम्बे कश खींच रहा था। घनी खिचड़ी और तनी मूँछों से टकराता धुआँ उसके मुँह से निकल रहा था। हुक्के की

नै उसकी मुट्ठी में थी। ठाकुर ने दूर से सुमरू के संग आते वीरेन्द्र को देखते और बैठक में एक ओर पड़े मोटे-मोटे लक्कड़ों की ओर संकेत करते हुए कहा–

"आ वीरेन्द्र, आ बैठ।"

वीरेन्द्र पहले तो ठाकुर द्वारा लक्कड़ों की ओर संकेत करने पर थोड़ी देर अकबकाकर रह गये, फिर सँभलते हुए तेज़ कदमों से वह ठाकुर के पास पड़े खटोले पर जा बैठे, और उनका चाचा सुमरू? सुमरू उसी लक्कड़ पर एक पैर लटकाकर बैठ गया जिसकी ओर बदनी ने संकेत किया था। वीरेन्द्र के इस व्यवहार से पहले तो ठाकुर को बिजली के करंट की तरह झटका लगा। वह भौचक्का वीरेन्द्र की ओर देखे जा रहा था कि इतने में उसे ध्यान आया कि वीरेन्द्र कैप्टन रिटायर होकर आया है, इसलिए इसे गाँव की मान-मर्यादा का खयाल नहीं है। ठाकुर अपने को सहज करता हुआ कैप्टन वीरेन्द्र से बोला–

"बिरन्दर, मोय (मुझे) जानकै (जानकर) भौत (बहुत) अच्छौ लगौ कि तू गाम में रहकै (रहकर) खेती करेगौ, तोय (तुझे) अपनी मट्टी और गाम ते (से) पियार (प्यार) है... मैं तेरी जा बात से भौत खुश हूँ।"

"ठाकुर साहब, मुझे तो बचपन से ही गाँव से लगाव रहा है, सेना में नौकरी करते हुए कभी यह नहीं सोचा कि किसी बड़े शहर में मकान बनाऊँ और वहाँ रहूँ, बचपन में यही इच्छा थी कि बड़ा होकर किसान बनूँ और गाँव की मिट्टी से जुड़ा रहूँ, लेकिन ज़मीन न होने के कारण यह सब... बस, पिता ने मेहनतमज़दूरी करते हुए पढ़ा-लिखा दिया और मैं मिलिटरी में... अब मैं चाहता हूँ कि गाँव में रहकर खेती करूँ... सुना है कि आप अपनी ज़मीन का कुछ हिस्सा बेचना चाहते हो।" वीरेन्द्र ने ठाकुर के सामने अपने मन की बात रखते हुए कहा।

ठाकुर कैप्टन की बातों से तुरन्त भाँप गया कि वह ज़मीन खरीदने की जल्दी में है। वह उसकी उतावली का फायदा उठाना चाहता था। कुछ पल सोचने का अभिनय करता और हुक्के का धुआँ मुँह से उगलता हुआ बोला–

"हाँ, बेचनी तो है।"

"तो मुझे बेच दो, मैं खरीद लूँगा।" वीरेन्द्र ने तपाक से कहा।

बदनी को अब पूरा विश्वास हो गया था कि कैप्टन वीरेन्द्र वाकई ज़मीन खरीदने के लिए बेताब है तो उसने गर्म लोहे पर हथौड़ा मारते हुए कहा–"पिपरोही गाम को श्यामा लोधा मेरी ज़मीन के बारह हजार रुपया बीघा के हिसाब ते खरीदबे कू तैयार है, एक तो अपने गाम को ठहरौ, दूजे तू मेरे जयवीरा के संग पढ़ौ और खेलौ है, तोय

दस हजार बीघा के हिसाब से दै दूँगौ।"

कैप्टन वीरेन्द्र ठाकुर के मुख से ज़मीन की कीमत सुनकर हैरान थे। उन्होंने ठाकुर से सीधे-सीधे शब्दों में कहा–"इतनी महँगी नहीं खरीद पाऊँगा मेरा बूता नहीं है।"

वीरेन्द्र उठ खड़े हुए। जैसे ही वह अपने चाचा सुमरू के साथ चलने को हुए कि ठाकुर तुरन्त बोला–"वीरेन्द्र, तू मेरे यार धत्ती खरीदबे आयौ है कि भेड़ बकरिया, याते (इससे) कम पैसान में नाय मिलबे की.... देख लै और सोच-समझ लै।"

वीरेन्द्र भी इतने वर्ष सेना में नौकरी कर आये थे, वह पूरी तरह समझ गये कि ठाकुर जान-बूझकर ज़मीन का दाम दूना लगा रहा है। वह वहाँ से चलते हुए और अपनी बात दोहराते हुए बोले–"बेचनी है तो ठीक-ठीक दाम लगाओ... इतनी महँगी और मुँह-माँगी रकम कोई नहीं देगा।"

"महँगी, अरे महँगी दिखाई पड़ रही है तोय, मेरी जमीन को बारह हजार रुपया बीघा के हिसाब ते मोल लग चुकौ है।" ठाकुर ने चिलम की आँच को ज़मीन पर बिखेरते हुए वीरेन्द्र से कहा था।

"ठाकुर साहब, मैं तो इतने में नहीं खरीद पाऊँगा... छह हजार रुपया बीघा से बेचनी है तो बात करो, वरना रहने दो।"

कैप्टन वीरेन्द्र से टका-सा जवाब सुनकर ठाकुर के माथे पर सलवटें पड़ गयीं। उसने गर्दन मटकाते हुए कहा–"छह हजार रुपया में तो काई (किसी) ऊसर या कल्लर (बंजर) में भी ना मिलने की... मेरी धत्ती सोना उगलत है सोना।"...

"ठीक है–जैसी आपकी मर्जी।" वीरेन्द्र अब चाचा सुमरू के साथ वहाँ से चले आये। ठाकुर यह सोचकर परेशान हो उठा कि जाल में आयी मछली निकल गयी। उसके गाँव में तो क्या, आसपास के गाँवों का भी कोई इतने पैसे नकद देने वाला नहीं था। इतनी मोटी रकम का भुगतान एक मुश्त में किसी के लिए बहुत कठिन था। बदनी ठाकुर ने कैप्टन वीरेन्द्र से सफेद झूठ बोला था कि पिपरोही का श्यामा उसकी ज़मीन बारह हजार रुपये बीघा के हिसाब से खरीदने को तैयार है। यह बात भी वीरेन्द्र ने श्यामा से ज्ञात कर ली थी। उसे उससे पता चला कि श्यामा ने तो उस ज़मीन के मात्र चार हजार रुपये प्रति बीघा खरीदने की बात कही थी और रकम का भुगतान भी चार छमाही किस्तों में करने की बात तय हुई है। ये सब बातें ज़ानकर वीरेन्द्र का माथा ठनका। उन्हें पूरा विश्वास हो गया कि ठाकुर उसे लूटना चाहता है। अब वीरेन्द्र शान्त होकर बैठ गये। एक रोज बदनी ठाकुर ने अपने जयवीरा से

सन्देशा भिजवाकर वीरेन्द्र को बुलाया। लम्बी चर्चा होने पर ठाकुर सात हजार रुपये बीघा पर ज़मीन बेचने को तैयार हो गया। वीरेन्द्र ने भी अब ठाकुर से अधिक बहस करना उचित न समझा और उसने यह सोचते हुए हाँ कर दी कि चलो महँगी ही सही, ज़मीन का यह टुकड़ा उपजाऊ है। पानी की तंगी न थी, बम्बा साथ ही बहता था। यही सब सोचकर वीरेन्द्र ज़मीन खरीदने को तैयार हो गये। ठाकुर ने उनसे सप्ताह-दस दिन में शहर चलकर ज़मीन के कागज़ उनके नाम कराने की बात पक्की कर ली थी। कैप्टन वीरेन्द्र भी वायदा करके अपने घर चले आये थे।

ठाकुर ने जब इस विषय पर अपने घर के लोगों से चर्चा की तो यह जानकर कि वह वीरेन्द्र को ज़मीन बेच रहे हैं, जयवीरा के सिवाय सभी ने एक स्वर में उसका विरोध किया। बदनी ठाकुर का बड़ा लड़का रामवीर तो बुरी तरह से बौखला गया। उसने भृकुटि तानते हुए ठाकुर से कहा–"तुम्हारी बुद्धि तो भिष्ट ना हो गयी, भंगिया कू अपनी धत्ती बेक (बेच) रहे हो... ये गाम की रीति नायँ, ठाकुर और नीच कू धत्ती बेक दे–सुनो है एसौ कहीं, काहे नाक कटवाओ"।

"यामे (इसमें) नाक कटवायबे की का बात है" जयवीरा ने अपने बड़े भाई रामवीर की ओर देखते हुए कहा।

"अरे जयवीरा, ताली दैके हँसेंगे गाम के... कहेंगे–ठाकुर ने एक भंगी कू अपनी धत्ती बेक दीनी। ना, कतई ना, जिनके बाप-दादा हम ठाकुरों की गुलामी करते आये हों और आज वह हमारे सीना पर हल चलाएँ... मेरे रहते ऐसौ ना होगौ। जयवीरा, वा भंगिया के संग रहके तेरो तो दिमाग खराब है गयो है।" रामवीर ने त्यौरियाँ चढ़ाते हुए कहा।

"अरे मूरख समझतौ क्यों ना, वाकी (उसकी) जेब में जा टैम मोटी रकम है... मुँह माँगो रुपया दे रहो है, तोय ये तो पतो ही है कि पिपरोही गाम को...और बिरन्दरा सात हज़ार बीघा के भाव से ज़मीन खरीदबे कू तैयार है।" बदनी ने छोटे बेटे जयवीरा की हाँ में हाँ मिलाते रामवीर को समझाने की कोशिश करते हुए कहा था। लेकिन रामवीर अपने पिता की बात मानने को तैयार नहीं था। उसके ऊपर तो जाति में श्रेष्ठ होने का भूत सवार था। उसने दाँत पीसते और पैर पटकते हुए कहा–

"देखो बापू, बिरन्दर चाहे कितनो भी अधिक रुपया क्यों न दे, मैं वाकू (उसे) धत्ती बेकने के हक में ना हूँ...हम थोड़े पइसा में ही श्यामा को ज़मीन बेक देंगे, लेकिन जा भंगिया कू हरगिज ना।"

एक पल ठहरकर वह फिर पुरानी स्मृतियों में डूबते हुए बड़बड़ाये—"मेजर धींगरा, तुम बहुत अच्छे हो कि इस देश में तुम्हारा गाँव नहीं है, तुम शरणार्थी होकर भी देश के किसी कोने में इज्जत से रह सकते हो...पूरा भारत तुम्हारा है और मेरा न यह गाँव, न शहर और न देश।"

अम्मा

इस जगत् में जो सबसे प्यारा है वह है माँ। अपनी माँ को कौन प्यार नहीं करता? मैं भी अपनी माँ को बहुत प्यार करता था। मैं उसे अम्मा कहकर पुकारता था। बहुत दिनों से मन में विचार आ जा रहे थे कि अम्मा के बारे में कुछ लिखूँ। हरेक बार यह सोचकर कि उस सीधी-सीदी, भोली और गाँव की अनपढ़ के बारे में आखिर क्या लिखूँ? बस, यही सोचकर हर बार कलम उठाकर अलग रख देता। लेकिन आज सोच ही लिया कि उसकी कहानी लिख ही डालूँ।

मेरी उम्र होगी उस समय दस-बारह वर्ष की। हमारा पूरा परिवार गाँव में ही रहता था। हमारे पास दस-पन्द्रह भेड़-बकरियाँ, दो भैंस और एक गाय थी। पिता और अम्मा ही उनकी देखभाल करते थे। हाँ, कभी-कभी मैं भी हाथ में खुरपी थामे अम्मा के साथ घास जुटाने चला जाता। हमारे मोहल्ले के दूसरे घरों के अधिकतर बड़े लोग कलकत्ता (आज का कोलकाता) में नौकरी करते थे। उनके ठाठ-बाट देखकर पिता के मन में शहर जाकर नौकरी करने का खयाल बार-बार आता। लेकिन उन्हें अपने पिता यानी मेरे दादाजी का बड़ा भारी भय था। दादाजी गाँव छोड़कर दूर शहर जाकर नौकरी करना बुरी बात समझते थे। वैसे ही जैसे वर्षों पहले हमारे देश के लोग समन्दर पार विदेश जाना पाप समझते थे।

उन दिनों मोहल्ले के चैनूराम कोलकाता से गाँव आये हुए थे। वह मेरे पिता के रिश्ते में चाचा लगते थे। एक दिन उन्होंने पिता से कहा—"सगरे (सारा) जीवन भेड़-बकरियाँ चरावे में बीत जायेगौ, या काम ते छुटकारौ पानो चाहतु (चाहता) है तो मेरे संग कलकत्ता चलो चल।"

पिताजी ने दादाजी को बिना बताये चैनूराम के साथ कलकत्ता जाने की बात तय कर ली। दूसरी ओर दादाजी के डर से चैनूराम उन्हें अपने साथ ले जाने को तैयार न थे। यदि दादाजी को तनिक भी भान हो जाता तो वह चैनू का जीवन हराम कर देते। पिता के मन में कई दिनों तक उथल-पुथल मची रही। आखिर चैनूराम के साथ तय हुआ कि जंगल में भेड़-बकरियाँ छोड़कर वह उनके साथ अलीगढ़ से ट्रेन पकड़कर कलकत्ता चलेंगे।

पिता ने एक दिन ऐसा ही किया। घर में किसी को बिना बताये और भेड़-बकरियाँ जंगल में चरती छोड़कर वह सड़क-सड़क अलीगढ़ की ओर चल पड़े। चैनूराम ने पिता का बहुत देर तक मुख्य सड़क पर इन्तजार किया। लेकिन जब पिता को वहाँ पहुँचने में देर हो गयी तो वह अलीगढ़ वाली बस पकड़कर चले गये। पिता ने उस समय सोचा कि उनके चाचा अलीगढ़ इन्तजार कर रहे होंगे। बस, यही सोचकर वह सड़क-सड़क अलीगढ़ की ओर चल दिये। जेब में इतने पैसे न थे कि बस पकड़ कर अलीगढ़ पहुँच जायें। पिता ने अलीगढ़ तो दूर गाँव की मुख्य सड़क ही पहली बार देखी थी। वह सड़क को देखकर हैरान थे। इतना लम्बा रास्ता और वह भी एकसर। वह अपनी धुन में लगातार आगे बढ़ते जा रहे थे। उन्हें इतना भी ज्ञात न था कि गाँव व अलीगढ़ की दूरी लगभग चालीस किलोमीटर है और उनके चाचा अलीगढ़ से कलकत्ता की ट्रेन पकड़कर कब के जा चुके होंगे।

सीधे-सादे ग्रामीण पिता अभी अलीगढ़ की ओर चले जा रहे थे। वह अब पनेठी तक आ पहुँचे। वहाँ से भी अलीगढ़ लगभग पाँच किलोमीटर है। किसी से पूछा तो पता चला कि बस अब पास ही है। उनके कदम और शीघ्रता से आगे को पड़ने लगे। छर्रा-अड्डे के रेलवे फाटक पर पहुँचकर उन्होंने चैन की साँस ली। अब वह रेल की पटरियाँ देखकर भौचक होकर रह गये। खड़े-खड़े सोचने लगे कि यह क्या बला है? किसी से पूछने पर पता चला कि ये रेल की पटरियाँ हैं और इन पटरियों पर रेलगाड़ी चलती है। उस समय रेलवे फाटक बन्द था और उन्हें कुछ समझ नहीं आ रहा था। एक पल उन्होंने सोचा—रेलगाड़ी बैलगाड़ी की तरह ही होगी, लेकिन इन पटरियों पर वह कैसे चलती होगी?

पिता यह सब सोच ही रहे थे कि इतने में अलीगढ़ रेलवे स्टेशन की ओर से तीव्र गति से विशालकाय रेल-इंजन दैत्य की तरह रेल की पटरी पर दौड़ा आया। पिता उसे देखकर बुरी तरह डर गये थे। इंजन की तेज आवाज और उसके सीधे दनदनाते हुए

चले आने से पिता को लगा कि वह उनकी ही ओर दौड़ा आ रहा है। उस समय उन्हें कुछ नहीं सूझा। पिता अब सिर पर पैर रखकर उल्टे भागे। भागते हुए उनकी पनही (जूते) पैरों से निकल गयी। उन्होंने पीछे मुड़कर एक बार भी न देखा। पाँच किलोमीटर लगातार भागने पर पनेठी आकर ही दम लिया। डर और थकावट के मारे उनका बुरा हाल था। उनकी कँपकँपी छूट गयी थी। मुँह से बोल नहीं निकल रहे थे। वहाँ इकट्ठे लोगों ने उन्हें तसल्ली देते हुए कहा कि घबराने की कोई बात नहीं है, वह इंजन यहाँ नहीं आयेगा। थोड़ी देर साँस लेने के बाद और मिठाई की दुकान से एक आने की जलेबी साथ लेकर अब पिता ने गाँव की राह पकड़ी। (मैं कहानी तो अम्मा की लिखने बैठा था, लेकिन लिखने बैठ गया, पिता की, भटक गया ना पिता के क़िस्से को लेकर)।

हाँ मैं बात कर रहा था अपनी अम्मा के बारे में। उन दिनों गाँव की पाठशाला में मेरा जाना शुरू ही हुआ था। अम्मा मुझे पाठशाला जाने से हमेशा रोकती। इस बात को लेकर मेरे पिता और दादाजी उससे नाराज ही रहते। अम्मा को दादाजी डपटते हुए कहते–"सुखदेई, तू जा छोराए नायं पढ़न देई, दो हरफ सीख जायेगौ तो जाई के काम आयेंगे।"

लेकिन अम्मा को न जाने कहाँ से सच्ची बात पता चल गयी थी कि गाँव की पाठशाला में सवर्ण अध्यापक भंगी-चमारों के बच्चों को स्कूल में दूर बैठाते हैं और उनको बे-वजह पीटते रहते हैं। बस, फिर क्या था–वह एक ही रट लगाये रखती– "मैं नाय भेजत पढ़वे कूँ, कढ़ी खाओ मास्टरू, बिना बात मातुए (मारता) है मेरे छोरा कूँ।"

पिता अम्मा को चुप करते हुए कहते–"हमारो बालक मास्टन्नु (मास्टरों) की लात-घूंसा खाये के पढ़-लिख जायेगौ, तोऊ (फिर भी) बाको कुछ भलो है जायेगौ।"

माँ पिता की बातें सुनकर चुप हो जाती और मेरा फिर से पाठशाला जाना शुरू हो जाता।

कुछ महीने ही बीते होंगे कि मेरे दादाजी को एक दिन तेज बुखार आया और बुखार में ही वह चल बसे। अब पिता से कोई कहने-सुनने वाला नहीं रहा। इस बार चैनूराम जब गाँव आये तो पिता उनके साथ कलकत्ता नौकरी करने चले गये। घर का सारा काम अम्मा के कन्धों पर आ पड़ा। मैं बड़े मजे में अम्मा के साथ जंगल में भेड़-बकरियाँ चराता फिरता।

पिता साल-भर बाद घर आये। जब उन्हें ज्ञात हुआ कि मैंने स्कूल जाना छोड़ दिया है तो वह अम्मा पर बहुत बिगड़े। अम्मा ने पिता को सफाई देते और मेरा पक्ष लेते हुए कहा कि छोरा सारे दिन गाय, भैंस, भेड़-बकरियों की देखभाल करता है और घर के छोटे-मोटे काम भी करता है। पिता अम्मा की बातें सुनकर आग-बबूला हो गये थे। उन्होंने गुस्से में आकर सारी भेड़-बकरियाँ गाँव के गड़रियों को बेच दीं। अम्मा को हिदायत देते हुए बोले—''छोरा कूँ स्कूल भेज, कछु पढ़-लिख जावेगो और तू भी अब घर में रह।''

पिता ने भेड़-बकरियाँ क्या बेचीं जैसे अम्मा का सब कुछ लुट गया। वह कई दिनों तक रोती रही और पिता को जी भरकर कोसती भी रही। पिता मुझे दोबारा गाँव की पाठशाला में भर्ती करवाकर कलकत्ता चले गये। मैं जब भी स्कूल से झोला लटकाये घर लौटता, अम्मा घर में न होती। मैं उसे इधर-उधर खोजता। मोहल्ले के दूसरे लोगों से पता चलता कि पेड़ के नीचे दूर खेत में बैठी है। मैं दौड़ा-दौड़ा जाता और पास जाकर उससे पूछता—''अम्मा, यहाँ बैठी क्या कर रही है, चल घर चल।'' आस-पास दूसरे लोगों के पशुओं को चरते देख हाथ उठाकर भोले मुख से वह कहती—''लल्ला देख, जे सब हमारी हैं...खेतन में चरतीं कितनी अच्छी लग रही हैं।''

मैं उसे समझाता—''जे हमारी नायँ, दूसरन की हैं।''

लेकिन अम्मा मेरी बात मानने को तैयार न होती और मुझे अनर्गल बकती। उसकी बातें सुनकर मैं झुंझलाकर रह जाता और सोचता—अम्मा पागल हो गयी है। कई बार अम्मा गड़रिये को बेची गयी भेड़-बकरियों को हाँककर घर ले आती और अपने आँगन में उन्हें खूँटों से बाँध देती। मोहल्ले के सभी उसकी हरकतों से परेशान थे। पिता को तार देकर गाँव बुलाया गया। पिता भी अम्मा के क्रियाकलापों से परेशान हो उठे। आखिर उन्होंने मुझे और अम्मा को अपने साथ कलकत्ता ले जाने का निर्णय लिया। अम्मा पिता के निर्णय से खुश न थी। उसने पिता से साफ-साफ कहा—''मैं नायँ जाऊँगी गाम छोड़के परदेश में मरवे कूँ, मैं तो गाम में ही रहूँगी।''

पिता की ज़िद के सामने अम्मा की एक न चली। गाँव की मुख्य सड़क से अलीगढ़ तक की बस यात्रा में अम्मा एक अजनबी ही बनी रही। वह पूरे रास्ते बस में आँखें मींचकर ही बैठी रही। हर दो मिनट बाद खिड़की से सिर निकालकर उबकती। अलीगढ़ आते-आते उसकी हालत बहुत बिगड़ गयी थी। लगातार उबकते रहने से वह पस्त हो गयी। बार-बार पिता पर चिल्लाकर पड़ती—''अरे घूमनी आय रही हैं, मोय बचाओ।''

"चुप है जा, कछु नाय होयगौ, पागलिया कहीं की....काहे कूं हल्ला मचाय रही है?" पिता उसे डपटते हुए कहते।

अम्मा बार-बार निढाल हो जाती और बड़बड़ाती–"अब न बचऊँगी।"

मैं ही उसे सँभाले हुए था। गिलास से उसके मुँह में पानी डालता। पानी की बूँदें गले में जाने से उसे कुछ राहत मिलती। ऐसा ही हाल उसका ट्रेन में था। पूरे रास्ते उसने न कुछ खाया और न पिया। बस, आँखें मूँदे ऊपर वाली सीट पर औंधे मुँह पड़ी रही। कलकत्ता पहुँचकर भी उसकी हालत ऐसी ही बनी रही। कई दिनों तक वह मुझसे कहती रही–"लल्ला, मोय अबहू घूमनी आय रई है।"

अम्मा दस-बारह रोज में सहज हो पायी। घर में छत पर लटके पंखे को वह तुरन्त बन्द कर देती। रात को वह न तो पिता को और न ही मुझे पंखे के हवा की नीचे सोने देती। पंखे को चलते देख वह घबराती और चिल्लाती–"अरे जाये बन्द करौ, टूट के गिर परेगौ ऊपर...कोऊ जिन्दो नाँ बचेगौ।"

अम्मा घर में बनी लैट्रिन में शौच करने न जाती। वह रिरियाते हुए मुझसे कहती–"बेटा, जाके भीतर मैं घुस गयी और चटकनी लग गयी, अन्दर मोय कछु है गयौ तो दरबज्जौ को खोलेगौ...., मैं तो भीतर ही मरी धरी रहूँगी।" माथा पीटते हुए वह पिता से भी कहती–"अरे सत्यानासी, जा घर में रहो...., वहीं हँगो, मैं जान दे दूँगी पर ऐसौ हरगिज नायँ करूँगी।"

पिता अम्मा को लेकर बहुत परेशान थे। वह गुस्से में आकर कहते–"अच्छौ ले आयौ पगलिया कूँ संग, याने तो जीनो ही मुश्किल कर दीनौ।"

आखिर पिता को ही अँधेरे-अँधेरे में अम्मा के साथ हाथ में पानी का डिब्बा लिये पास की झाड़ियों में जाना पड़ता। ऐसा कब तक चलता, पिता नौकरी करते या मेरी भोली अम्मा का ध्यान रखते। अम्मा जितने दिन कलकत्ता में रही, गुसलखाने में कभी नहीं नहायी। वह घर के अन्दर बाल्टी भर कर पानी रख लेती और चारों ओर चारपाइयाँ खड़ी करके उनकी ओट में नहाती। उसका गुसलखाने में दम घुटता था। एक रोज तो अम्मा ने कमाल कर दिया। घर के सामने पार्क में पानी की पाइप लाइन फट गयी थी। नगर निगम के मजदूरों ने वहाँ ढाई-तीन मीटर गहरा गड्ढा कर दिया था। पानी पिछले चार रोज से लगातार बह रहा था। पानी के लगातार बहने से मिट्टी निथर कर नीचे बैठ गयी थी। पानी इतना साफ-सुथरा नजर आ रहा था कि अम्मा अपने को रोक न सकी। वह किसी की भी चिन्ता न करते हुए उस ओर बढ़ गयी

विश्वासघात

मैं राकेश को लँगोटिया यार तो नहीं कह सकता, लेकिन फिर भी हम दोनों आपस में बहुत करीब थे। बचपन साथ ही साथ बीता था हम दोनों का। राकेश में शुरू से ही एक विशेष गुण रहा है—खिलखिलाकर हँसना और मन्द-मन्द मुस्कुराते रहना। कैसी भी भयंकर परिस्थितियाँ क्यों न हों, उसके चेहरे पर हरदम मुस्कुराहट तैरती रहती है। राकेश जब हँसता है तो ऐसे लगता है मानो उसके मुँह से फूल झर रहे हों। राकेश की मुस्कुराहट और हँसी का अन्दाज़ देखकर बचपन में पिता से सुना मन्त्री वाला किस्सा मुझे याद हो आता था।

एक राजा के मन्त्री की हँसी के किस्से दूर-दूर तक फैले हुए थे। जब वह हँसता तो उसके मुख से फूल झरते थे। राजा को अपने मन्त्री की इस विशेष योग्यता पर नाज़ था। अपनी हँसी से यह मन्त्री चारों ओर फूल बिखेर देता था। दरबार में चारों ओर बिखरे फूलों को देखकर राजा फूला नहीं समाता था। धीरे-धीरे उस मन्त्री की हँसी की चर्चा दूर के देशों में भी फैल गयी थी। ऐसा ही राकेश के नाम को लेकर होने लगा था। नाते-रिश्तेदारों, मित्रों आदि में उसकी इस विशेष योग्यता के कारण खूब चर्चा होती। वह अपने जीवन संग्राम में भी सफलता की सीढ़ियाँ चढ़ता जा रहा था। भारत सरकार के वाणिज्य मंत्रालय में टाइपराइटर की खट-खट से अपनी नौकरी शुरू करने वाला राकेश आज डिप्टी डायरेक्टर के पद तक पहुँच गया है। दो बच्चे, बेटा पंकज बी. कॉम. (अन्तिम वर्ष) का छात्र और बेटी पिंकी बी.एस-सी. (प्रथम वर्ष) की छात्रा है। उसकी पत्नी श्रीमती कमलेश सरोजनी नगर, नयी दिल्ली के एक विद्यालय में अध्यापिका है। हँसता-खेलता आदर्श परिवार है मेरे मित्र रोकश सिन्हा का। उसके

विवाह को भी पच्चीस वर्ष हो गये हैं। पिछले वर्ष अठारह मई को बड़ी धूमधाम से मनायी थी सिल्वर जुबली अपने विवाह की राकेश ने।

श्रीमती कमलेश सिन्हा धार्मिक प्रवृत्ति की महिला हैं। हरेक सोमवार का व्रत रखती हैं वह और समय निकालकर महरौली के पास स्थित छतरपुर के मन्दिर भी जाती रहती हैं। जन्म-अष्टमी, रामनवमी, शिवरात्रि और करवा-चौथ के अवसर पर कई बार सेहत ठीक न रहते हुए और डॉक्टर के बार-बार मना करने पर भी उन्होंने व्रत रखे थे। दूसरी ओर मेरी पत्नी अंजू इन सब बातों से कोसों दूर है। सच कहूँ तो वह नास्तिक है। मैं उसे कई बार करवा-चौथ या ऐसे ही कई तीज-त्योहार वाले दिनों जान-बूझकर राकेश के घर लेकर गया हूँ, इसलिए कि उसमें भी कमलेश भाभी को देखकर पूजा-पाठ के भाव उमड़ आयें और वह यह सब करने लगे। यही सब सोचकर मैंने कई देवी-देवताओं की तस्वीरें लाकर घर में रखीं, लेकिन पूजा-पाठ तो दूर रहा, अंजू उन तस्वीरों की मिट्टी-धूल तक साफ नहीं करती। धीरे-धीरे उन तस्वीरों पर धूल की परतें चढ़ गयी थीं।

करवा-चौथ का ही दिन था। मैं और अंजू राकेश सिन्हा के घर थे। कमलेश भाभी ने हमेशा की तरह उपवास रखा हुआ था। राकेश उस दिन मुझे बिना खाना खाये घर से आने नहीं दे रहा था। मैंने उसे कहा कि खाना फिर किसी दिन खा लेंगे, हमें देर हो जायेगी, जाने दे। लेकिन राकेश अपनी ज़िद पर अड़ा रहा और बिना भोजन किये नहीं आने दिया।

सरोजनी नगर यानी राकेश के घर से चलते हुए अंजू ने इण्डिया गेट घूमने की इच्छा प्रकट की। मैं भी मूड में था सो स्कूटर का रुख इण्डिया गेट की ओर कर दिया। थोड़ी ही देर में हम पति-पत्नी वहाँ पहुँच गये। स्कूटर को पार्किंग में खड़ा करके हम दोनों हाथों में हाथ डाले राष्ट्रपति भवन की ओर धीरे-धीरे कदमों से बढ़े जा रहे थे। उस दिन इण्डिया गेट पर और दिनों की तरह अधिक भीड़ न थी। कारण, उस दिन करवा-चौथ का दिन था। अधिकतर राजधानी के परिवार पति-पत्नी के प्यार के प्रतीक इस त्योहार को अपने-अपने घरों में मनाने में व्यस्त थे। मैंने अंजू की कमर में अपना हाथ डालते हुए कहा था–

"अंजू एक बात कहूँ, बुरा तो नहीं मानोगी।"

"हाँ कहो, मैं क्यों बुरा मानने लगी।" अंजू ने अपना सिर मेरे कन्धे पर रखते हुए कहा।

"औरतें अपने पति की दीर्घ आयु के लिए। करवा-चौथ का व्रत रखती हैं, मेरी मानो साल में तुम भी एकाध व्रत....तुम तो एकदम नास्तिक हो यार।"

“यह सब ढकोसला मुझे पसन्द नहीं।” अंजू ने बुरा सा मुँह बनाते हुए तपाक से कहा था।

उस समय मुझे गुस्सा आया था। मैं अपने को संयत करते हुए बोला—“ढकोसला है तो क्या...इससे पति-पत्नी में एक-दूसरे के प्रति प्यार बढ़ता है।”

मैंने अपनी बात आगे बढ़ाते हुए फिर कहा—“देखो राकेश और उसकी पत्नी में आज भी एक-दूसरे के प्रति कितना आकर्षण है, प्रौढ़ अवस्था में भी वे एक-दूसरे के बिना रह नहीं सकते...।”

“तो क्या मैं आपको प्यार नहीं करती, अशुभ चाहती हूँ, नफ़रत करती हूँ आपसे, यह सब ढकोसला करने भर से ही तुम्हें विश्वास होगा कि मैं तुमसे...।”

अंजू अपनी बात एक रौ में बोल गयी थी और एक झटके से छिटककर मुझसे दूर हो गयी। मैं हैरान होकर उसकी ओर देखे जा रहा था। वह लम्बे-लम्बे डग रखती हुई एक जामुन के पेड़ के नीचे जाकर खड़ी हो गयी। इण्डिया गेट के आसपास बिखरी दूधिया रोशनी में अंजू की आँखों से गंगा-जमुना बहती साफ नज़र आ रही थी। मैं अब अपने किये पर पछता रहा था—“यह क्या किया, सहज और सुखद वातावरण में कड़वाहट क्यों घोल दी मैंने?” घूमने का आनन्द फुर्र हो गया था। क्षण भर में ही माहौल बोझिल सा हो उठा। मैं लपककर जामुन के पेड़ के नीचे खड़ी अंजू के समीप जा पहुँचा और उसका हाथ अपने हाथों में लेकर मैंने अपनी गलती स्वीकार करते हुए कहा कि फिर कभी इस तरह की बातें करके उसका दिल नहीं दुखाऊँगा। मैंने जेब से रूमाल निकाल कर उसके कपोलों पर लुढ़क आये आँसुओं को पोंछा और बालों को स्नेह से सहलाया।

“हुँ” शब्द का हुंकारा भरते हुए अंजू मेरे सीने से लग गयी थी। मैंने भी अपने हाथों की हथेलियों से उसके चेहरे को उठाकर चूम लिया। मेरी इस हरकत पर पहले तो वह सहम गयी। उसने इधर-उधर देखा, आसपास कोई नहीं था। मैदान साफ देखकर वह खिलखिलाकर हँस पड़ी थी।

“चाय, चाय गर्मागरम चाय, बाबूजी चाय लोगे?” एक दस-बारह साल का लड़का आवाज़ लगाता मुझसे पूछ रहा था। मैंने उससे दो कप चाय लेकर एक कप अंजू की ओर बढ़ा दिया और पाकेट से पैसे निकालकर उस लड़के को दिये। वह लड़का अपनी जेब में पैसे रखकर आवाज़ लगाता इण्डिया गेट की ओर चला गया।

लगभग महीने भर बाद राकेश से मेरी भेंट हुई थी। उस दिन मैं और अंजू डी. डी. ए., मुनिरिका मार्केट में स्थित ‘साउथ इण्डियन रेस्टोरेण्ट’ में गर्म-गर्म मसाला-दोसे

का आनन्द ले रहे थे। राकेश रेस्टोरेण्ट के एक कोने में चुपचाप बैठा चाय की चुस्कियाँ भर रहा था। मैंने उसे अपने पास आ जाने को कहा। वह अपने अन्दाज के विरुद्ध चुपचाप व गुमसुम आ कर बैठ गया। मैं और अंजू उसके इस अन्दाज पर हैरान थे। प्रतिभा के धनी, मुस्कराती आँखों वाले राकेश के चेहरे पर गम्भीरता और उदासी की रेखाएँ स्पष्ट नजर आ रही थीं। मैंने तुरन्त ही उससे पूछा–

"क्या बात है, सब ठीक तो है?"

"हाँ सब ठीक है।" राकेश ने बड़े अनमने ढंग से उत्तर दिया।

"फिर ऐसी मुख-मुद्रा क्यों बना रखी है, तुम्हारे चेहरे पर चिन्ता की रेखायें...तुम तो यार हरदम मुस्कुराते रहते हो।"

राकेश बिना कुछ कहे-सुने चाय के घूँट हलक के नीचे उतारे जा रहा था। उसके व्यवहार से साफ झलक रहा था कि वह कुछ छिपा रहा है। वह मेरी बातों पर ध्यान नहीं दे रहा था। मैं उसे कन्धे से झिंझोड़ते हुए फिर बोला–"यार राकेश ऐसी क्या बात है जो तू बता नहीं रहा?"

"महेश, जीवन में कभी-कभी ऐसा घट जाता है कि उसे किसी से कहा नहीं जा सकता।" बात करते-करते राकेश के होठ थरथरा उठे और आँखें डबडबा आयी थीं। राकेश के चेहरे पर आते-जाते भावों को मैं गौर से देख रहा था। उसके भावों से साफ झलक रहा था कि वह वाकई बहुत दुःखी है।

"अरे ऐसा भी क्या हो गया...हरेक समस्या का निदान है, बता तो सही आखिर बात क्या है?"

मैंने उसे धीरज देते हुए कहा, लेकिन वह कुछ नहीं, कुछ नहीं की रट लगाये हुए था। मैंने भी उससे उस समय अधिक बात करना उचित नहीं समझा। रेस्टोरेण्ट से चलते हुए मैंने उसे अगले दिन अपने घर आने को कहा। राकेश अगले दिन आने का वायदा करके जा चुका था। मैं और अंजू उसको लेकर परेशान हो उठे। घर पहुँचकर मैंने तुरन्त राकेश के घर फोन लगाया। फोन उसकी बेटी पिंकी ने उठाया था। उससे पता चला कि राकेश अभी घर नहीं पहुँचा। श्रीमती कमलेश सिन्हा भी घर में नहीं थीं और न राकेश का बेटा पंकज। पिंकी ने फोन पर बस इतना ही कहा कि पंकज भैया मौसी के घर करनाल गया हुआ है।

मैं और अंजू घर में बैठे राकेश के परिवार को लेकर चर्चा कर रहे थे। कितना अच्छा परिवार है। कॉलेज में शिक्षा प्राप्त करते उसके दोनों बच्चे, श्रीमती कमलेश अध्यापिका और स्वयं राकेश भारत सरकार के मंत्रालय में डिप्टी डायरेक्टर।

हँसता-खेलता परिवार है राकेश का। नाते-रिश्तेदारों और मित्रों में खूब चर्चा थी राकेश के परिवार की।

राकेश दूसरे दिन मिलने का वायदा करके भी घर नहीं आया। इस दौरान मैंने जितनी बार उसके घर फोन किया, उसकी बेटी का रटा-रटाया एक ही उत्तर मिला–"पापा घर में नहीं हैं, मम्मी भी कहीं गयी हैं...पंकज मौसी के घर करनाल गया हुआ है।"

सप्ताह भर से अधिक हो गया और मेरा सम्पर्क राकेश से नहीं हो पा रहा था। आखिरकार मैं ही एक दिन उसके घर जा पहुँचा। पिंकी रसोई में चाय बना रही थी। राकेश ने आगे बढ़कर मुझसे हाथ मिलाया और चेहरे पर मुस्कान लाने का प्रयास करते हुए सोफे पर बैठ जाने को कहा। उसके चेहरे पर आज पहले जैसी ठोस, सहज और मधुर मुस्कान नहीं थी। पिंकी बिटिया ने चाय लाकर हम दोनों के सामने रख दी। मैंने इधर-उधर दृष्टि दौड़ाकर राकेश से पूछा–"भाभी कहाँ हैं दिखाई नहीं दे रहीं, क्या मन्दिर गयी हैं?"

कमलेश भाभी की शुरू से ही आदत रही है–कुछ भी हो, सर्दी-गर्मी, आँधी या तेज बरसात। वह सुबह-शाम प्रतिदिन मन्दिर अवश्य जाती हैं, क्योंकि उन्हें शुरू से ही पूजा-पाठ में विश्वास रहा है। कालोनी में आस-पड़ोस में कहीं भी माता का जागरण होता तो वह पूरी-पूरी रात जागरण में बैठी रहतीं। श्रीमती कमलेश सिन्हा ढोलक बहुत अच्छा बजाती हैं। उन्हें माता की कई भेंटें भी याद हैं। वह माता की भेंटें गाते-गाते इतना डूब जाती हैं कि लोग कहते–"उन पर माता वैष्णों आ गयी है, माता वैष्णों देवी।" वह जागरण से सुबह आरती के बाद ही वापिस घर आतीं। कई बार राकेश उनके इस व्यवहार से तंग आ जाता था। एक बार तो उनके इस व्यवहार से हम सभी परेशान हो उठे थे।

पाँच वर्ष पहले की बात है। शिवरात्रि का दिन था। राकेश ने मुझे परिवार सहित घर बुलाया था। उस दिन हम पति-पत्नी उसके घर करीब ग्यारह बजे के लगभग पहुँच गये थे। राकेश अपने और दोनों बच्चों के लिए नाश्ता तैयार करने में जुटा हुआ था और उस समय उसका शरीर पसीने से सराबोर था। उसने मुझे बताया कि श्रीमती कमलेश प्रातः छह बजे से पास के एक मन्दिर में दूध और जल चढ़ाने के लिए लाइन में खड़ी हुई हैं। पंकज दो बार जा कर उसे देख आया है, अभी उसका नम्बर आने में डेढ़ घण्टा और लगेगा। राकेश के मुख से यह बात सुनकर अंजू बड़बड़ायी। बस, मैं इतना ही सुन सका–"भाड़ में जाये ऐसा पूजा-पाठ, पति घर में हँडिया भूने और पत्नी मन्दिर की लाइन में।"

मैंने अंजू की ओर घूरकर देखा और आँखों के संकेत से चुप रहने को कहा। वह मेरे संकेत को समझ गयी और खामोश हो गयी। करीब दो घण्टे बाद कमलेश भाभी घर लौटी थीं। मन्दिर से आते ही पूजा का थाल एक ओर पटकते हुए वह धम्म से सोफे पर बैठ गयीं और अंजू की ओर देखकर बोलीं—"सुबह छह बजे से मन्दिर की लाइन में खड़ी हूँ, शिवरात्रि के कारण आज भीड़ थी... अब कही जाकर नम्बर आया है दर्शन करने का।"

कमलेश भाभी ने अपने गले में पड़े दुपट्टे से माथे का पसीना पोंछते हुए पिंकी को आवाज़ लगायी—"अरे पिंकी, एक गिलास पानी तो दे, खड़े-खड़े पैर दुःख गये और गला भी सूख गया।"

यही सोचकर कि आज भी कमलेश भाभी मन्दिर गयी होंगी, इसलिए मैं राकेश से उनके मन्दिर जाने की बात पूछ बैठा था। राकेश मेरी बात सुनकर गुमसुम ही बैठा रहा। उसके मुँह से बोल नहीं निकल रहे थे। एक बार मैंने सोचा कि उसका बेटा पंकज युवावस्था में पदार्पण कर चुका है—कहीं वह कुछ उल्टी-सीधी हरकत तो...अक्सर युवा होते बच्चे कभी-कभी ऐसी गलतियाँ कर बैठते हैं, लेकिन राकेश से चर्चा करने पर पता चला कि ऐसा कुछ नहीं है। फिर ऐसी क्या बात है कि राकेश...।

मेरे बार-बार अनुरोध करने पर और सहानुभूति पा कर अब वह आसमान से घायल पक्षी की तरह डैने फड़फड़ाकर मेरे सामने गिरा था। जैसे कोई अब तक का रुका अन्धड़ अचानक फट पड़ा हो। सजल नेत्रों से जब उसने अपनी समस्या मेरे सामने रखी तो मेरा चेहरा दुःख, ग्लानि और शर्म से धूमिल हो गया। मानो मेरे पैरों के नीचे से ज़मीन सरक गयी हो। उसके बेटे पंकज को असली बात ज्ञात होने पर इतना दुःख हुआ और लाज आयी कि वह अपनी मौसी के घर करनाल चला गया। उफ! युवा बेटी पिंकी पर क्या बीत रही होगी? सोचकर मैं काँप उठा था।

पति के नाम पर करवा-चौथ का व्रत रखने वाली और दो-दो युवा बच्चों की अम्मा का यह हाल!

राकेश और उसके नाते-रिश्तेदार तो क्या मेरा जैसा उसका मित्र उसकी पत्नी की पूजा-पाठ व धार्मिक प्रवृत्ति की आदतों को लेकर उसे भोली, भावुक और भोंदू ही समझते रहे। कोई सोच भी नहीं सकता था कि वह पीठ पीछे ऐसा खेल भी खेल रही है। लेकिन जब राकेश ने मुझे श्रीमती कमलेश सिन्हा के वकील द्वारा भेजा डायवोर्स के लिए नोटिस दिखाया तो मेरा सिर चकराने लगा। राकेश

बस्ती के लोग

बस्ती के लोगों द्वारा इन्कार करने के बाद नन्द किशोर के हाथ-पाँव ही फूल गये थे। वह असमंजस की स्थिति में रह-रहकर सोचता कि अब क्या करे? बस्ती वालों की बेहूदी शर्त सुनकर नन्द किशोर का माथा फटने को हो गया, एक बार तो ऐसा लगा कि वह चक्कर खाकर गिर जाएगा। अपने आपको सँभाले, भारी कदमों से आकर वह घर के आँगन में खड़ा ही हुआ था कि उसे खयाल आया—'फोन द्वारा ऑफिस में खबर कर दी जाए।' वह तुरन्त ही 'पब्लिक टेलीफोन बूथ' की ओर चल दिया।

दूसरी ओर बसों में धक्कम-धुक्की खाता और शहर के वाहनों की प्रदूषित धूल फाँकता विनोद ऑफिस में आकर बैठा ही था कि टेलीफोन की घण्टी घनघना उठी। टेलीफोन का चोंगा उठाते ही विनोद बोला—

"बैंक ऑफ बड़ौदा, विनोद शर्मा स्पीकिंग।"

"हाँ विनोद, यार मैं नन्द किशोर बोल रहा हूँ।"

"बोल क्या बात है...कैसे घबराया सा बोल रहा है?" विनोद शर्मा ने पूछा था।

"मेरे पिताजी का देहान्त हो गया है, घर में अकेला हूँ, बड़ा भाई ऑफिस के काम से टूर पर गया है, तू छुट्टी करके जल्दी आ जा...हाँ सुन, मैं नोएडा से नहीं चिराग दिल्ली से बोल रहा हूँ, पिता चिराग दिल्ली में ही...हाँ बड़े भाई के पास ही रहते थे...तू आ तो जा, हाँ निगम-बोध घाट पर....और सुन दूसरे साथियों से भी कह

वे अब संगीत के साथ झूम-झूमकर फिल्मी गीतों की तर्ज पर माता की भेंटें गाने में लगे हुए थे। नन्दू ने जब इस बात पर आपत्ति प्रकट की तो बड़े भाई ने उसे डपटकर चुप करा दिया, जिससे नन्दू की आवाज वहीं दबकर रह गयी। नन्दू और बिरज किशोर आपस में बहस में उलझे हुए थे। नन्दू को भी अब थोड़ा गुस्सा आ गया, लेकिन उसने अपने को संयत कर लिया। नन्दू की विरोध भरी बातें सुनकर पास ही खड़ा जागरण पार्टी का मुखिया उसे गली के झबरा कुत्ते की तरह घूरे जा रहा था। संगीत के नाम पर विभिन्न वाद्य यंत्रों से निकले उस शोर की आवाज पर नन्दू के अधेड़-उम्र के चाचा सिब्बू अपनी गर्दन और हाथ-पैर जोर-जोर से झटकने लगे। उन्हें ऐसा करते देख पण्डाल में बैठे लोग एक स्वर में चिल्लाये–

"सिब्बू भगत के सिर देवता आ गया।"

जागरण करने वालों ने भी संगीत बन्द कर दिया। पण्डाल में बैठे लोग अब उस भगत के चारों ओर घेरा बनाकर खड़े हो गये। भगत अपनी गर्दन को झटका देते हुए और बिरज किशोर को आवाज़ लगाता बोला–

"बेटा बिरजू, तूने मेरी आत्मा को शान्ति प्रदान की है, इस नन्दू ने तो बस्ती के भाइयों की बात न मानकर मुझे नरक में ढकेलने का पूरा प्रबन्ध कर लिया था, बेटा, तू जीवन में खूब फलेगा और फूलेगा, मैं अब बहुत खुश हूँ।"

लोग आपस में बतिया रहे थे–"भाई सिब्बू के सिर सुमरू आ लियौ।" पण्डाल में बैठे हरेक व्यक्ति ने बारी-बारी से उस भगत के पैर छुए और अब उनमें उससे आशीर्वाद प्राप्त करने की होड़ लग गयी थी। नन्दू पण्डाल के एक कोने में खड़ा चुपचाप सारा खेल देख रहा था। बिरज किशोर ने उससे भी आगे बढ़कर भगत के पैर छूकर आशीर्वाद प्राप्त करने की बात कही। नन्दू जानता था कि यह सब ढकोसला और पाखण्ड है। उसने यह सब करने के लिए सीधे-सीधे मना कर दिया। उसको मना करते देख भगत तेज आवाज में बोला–

"नालायक, मेरे मरने पर तूने बस्ती वालों को दारू नहीं पिलायी, इसलिए बस्ती वालों ने मुझे कन्धा नहीं दिया, तू मेरा पूत नहीं कपूत है, चल हट मेरी नज़रों के सामने से।"

सिब्बू भगत ने अपने पूरे शरीर को हिलाते और मुँह से बेसुरी आवाज निकालते हुए सिर जमीन पर दे पटका और निढाल होकर बेहोशी जैसी हालत में एक ओर को

लुढ़क गया। लोगों ने उसके मुँह पर पानी के छींटे मारे। कई लोग उसको पंखा झलने में लगे हुए थे। थोड़ी ही देर में वह सहज होकर पण्डाल के एक कोने में बैठा बीड़ी के कश खींच रहा था।

उधर, पूरी बस्ती के सामने नन्दू अपने आपको असहाय और अशोभनीय स्थिति में महसूस कर रहा था। वह किसी से बिना कुछ कहे सुने भोर होते ही पत्नी और बच्चों को लेकर नोएडा की बस पकड़ने बस-स्टैण्ड पर आ गया था।

नया ब्राह्मण

विधवा अतरो गाँव के मोहल्ले बुहार-बुहारकर मंगलू को पढ़ा-लिखा रही थी। मंगलू शुरू से ही तेज़ और चतुर-चालाक था। दूसरों से अपना काम कैसे निकाला जाए जैसे गुण वह बचपन में ही सीख गया था। मंगलू अभी अपनी शिक्षा भी पूरी नहीं कर पाया था कि सरकार द्वारा 'आरक्षण कोटा रोस्टर' भरने के अभियान में उसकी नौकरी लग गयी।

नौकरी की सुख-सुविधाएँ पाते ही मंगलू का दिमाग सातवें आसमान पर चढ़ गया। सरकारी नौकरी पा कर वह इतराने लगा और अपना पीछा शीघ्र ही भूल गया। उसका उठना-बैठना अब ऊँचे लोगों के साथ हो गया था। उनके यहाँ जैसा देखता, वैसा ही अपने घर में उसकी नकल करता। यहाँ तक कि कभी-कभी उसे गैर-दलित मित्रों के घरों में खाना खाने का अवसर मिलता तो अपने घर आकर ग्रामीण परिवेश में पली-बढ़ी पत्नी कमली से वैसा ही खाना बनाने की ज़िद करता। जब उससे नहीं बनता तो उसके साथ गाली-गलौज व मार-पीट करता।

एक रोज़ तो उसने हद ही कर दी। उस दिन वह अपने एक मित्र मिश्रा के घर शिमला-मिर्च में चने की दाल वाली तरकारी खाकर आया। सच बात तो यह थी कि उस दिन मिश्रा के घर में आलू ही नहीं थे, और सब्जी-मार्किट भी घर से दूर था। बस, मिसरानी जी ने होशियारी दिखाते हुए जल्दी से शिमला-मिर्च में चने की दाल पकाकर घर आये मेहमानों के सामने परोस दिया। मंगलू पढ़-लिख तो गया पर गुना नहीं। गाँव में रहते हुए उसका बचपन अभावों में बीता था। रूखी-सूखी, बासी-कूसी खाकर ही बड़ा हुआ था वह। उस समय शिमला-मिर्च में पड़ी चने की

दाल खाते हुए उसने सोचा कि शायद ऊँची जाति के लोग इसी तरह बे-मेल तरकारियाँ बना-बनाकर खाते हैं, सो उसने यह काम अपने घर आकर भी करवा डाला।

अब मंगलू अपने परिवार के सदस्यों से भी दूरी बनाकर रहने लगा था। छोटी और बड़ी दोनों बहनें उसे तनिक न भातीं। तीज-त्योहार वाले दिनों में जब वे अपनी ससुराल से मंगलू के घर आतीं तो वह उन्हें देखकर भृकुटि तानकर कहता–

"ऐ, कैसे चली आओ तुम मेरे घर भिखारिन सी।"

कुछ दिनों तक तो बहनें यही समझती रहीं कि शायद भैया हँसी-ठट्ठा में ऐसी बातें करता है। लेकिन धीरे-धीरे जब उन्हें सच्ची बात पता चली तो उन्होंने उसके घर आना ही बन्द कर दिया। उसने अपना नाम भी मंगलू राम वाल्मीकि से एम. आर. बाली रख लिया। अचम्भे की बात थी कि वह बात-बात में अपने समाज के लोगों का उपहास करता। ऐसी ही बेहूदगी भरी बातें मंगलू ने एक दिन गाँव से आये जगमेर ताऊ से की थीं। वह तो यह सोचकर मंगलू के घर आये थे कि उनके गाँव-मोहल्ले का एक दलित पढ़-लिखकर ऊँचे ओहदे पर पहुँच गया है, मिलता चलूँ। उस दिन वह खुशी-खुशी उसके घर आये थे। घर का द्वार अतरो ने ही खोला था। जगमेर को देखकर अतरो ने सिर पर आँचल ले लिया था और उन्हें सोफे पर बैठने को कहते हुए मंगलू को आवाज़ लगायी। कुछ देर बाद मंगलू अन्दर वाले कमरे से निकलकर ड्राइंग-रूम में आया। वह उस समय ताऊ जगमेर को देखकर ऐसा अभिनय कर रहा था जैसे उन्हें जानता न हो। माँ के द्वारा बार-बार याद दिलाने पर कि गाँव के जाटव मोहल्ले से तेरे ताऊ जगमेर हैं, तब कहीं जाकर उसने हाँ हुंकार भरी। जगमेर ने मंगलू को गले से लगाते हुए कहा था–

"भैया, खूब तरक्की पर बढ़तौ जा, बाबा साहेब का तोपे आशीर्वाद बनो रहे।"

जगमेर की बातें सुनकर मंगलू के माथे पर सिलवटें उभर आयीं। उसने बड़ी बे-अदबी से कहा–"मैं तो यहाँ तक अपनी मेहनत से पहुँचा हूँ, बाबा साहेब आसमान से उतरकर मुझे नौकरी देने नहीं आये, अरे कैसा बाबा, काहे का बाबा?"

मंगलू की बातें सुनकर जगमेर अवाक् होकर रह गये थे। थोड़ी देर तक तो उन्हें विश्वास ही नहीं हुआ कि मंगलू बाबा साहेब के बारे में ऐसा भी सोच सकता है। कुछ कहने के लिए वह अपना मुँह खोले कि तभी मंगलू नाक को रूमाल से ढकते हुए बोला–

"ताऊ, तुम्हारे शरीर से बदबू का भभका आ रहा है, यहाँ आने से पहले नहा-धोकर तो आते...मुंडासा तो देखो, कितना मैला है, यह भी नहीं सोचा कि कहाँ

और किससे मिलने जा रहा हूँ।"

मंगलू की बातें सुनकर जगमेर अकबकाकर रह गये। वह वहाँ से बिना चाय पिये ही चले आये। रास्ते भर उनके मन में उथल-पुथल मची रही। उन्हें रह-रहकर अब बचपन में अपनी माँ से सुना किस्सा याद हो आया था, जिसमें एक आदमी किसी जमींदार के घर की सुख-सुविधाएँ देखकर सोचने लगा कि काश! मेरा भी ऐसा जीवन हो। यह बात सपने देखने वाले के अन्तर्मन में गहरे तक बैठ गयी थी और रातों को वह इसी तरह के सपने भी देखने लगा। माँ ने किस्से का सार समझाते हुए कहा था–

"जन्म न देखे सोड़-सोड़िया, सपने में मिलगी खाट, रांड को लोटौ ही लोटौ डोलै।" कहावत आज मंगलू पर सटीक बैठ रही थी।

मंगलू जब कभी भी अपने गाँव जाता तो वहाँ सभी पर सरकारी नौकरी का रोब झाड़ता और अंग्रेज़ी हाँकता। शुरू-शुरू में तो उसकी माँ उसे देख-देखकर रीझती और मन ही मन खुश होती–

"मेरो छोरा कैसी अंग्रेज़ी बोलै गिटर-पिटर।" लेकिन कुछ ही दिनों बाद वह उसकी हरकतें देखकर परेशान रहने लगी। एक रोज़ तो उसकी हैरानी का ठिकाना न रहा, जब मंगलू ने उसे डाँटते और नाक सिकोड़ते हुए कहा–

"अरी अम्मा, कैसी रहवै तू भंगन-सी, ठीक से रहा कर अफसर की माँ जैसी।" उसके सगे-सम्बन्धियों ने उससे अब कन्नी काट ली थी। मंगलू तो चाहता ही यही था कि कोई उसका अपना उसके यहाँ न आये। हाँ, अपनी झूठी शान दिखाने के चक्कर में उसने दिल्ली की एक पॉश कॉलोनी में किराये का चार कमरों का मकान भी ले लिया जो आधे से ज़्यादा खाली पड़ा रहता। उसके साथियों के तो मज़े आ गये थे। वे सभी वहाँ जमे रहते और आये दिन दावत उड़ाते। ऐसा लगता मानो किराए का मकान मंगलू ने उन्हीं के आनन्द उठाने के लिए लिया हो। यही मित्र पीठ पीछे उसका मज़ाक उड़ाते और ताली देकर हँसते। अब मंगलू को पत्नी कमली में भी हज़ारों कमियाँ नज़र आने लगीं। वह उससे सीधे मुँह बात न करता। उस बेचारी का एकमात्र दोष था कि वह शहर के परिवेश में अभी तक ढल न सकी थी। वह समय-समय पर उसका सभी मित्रों के सामने उपहास करता। कमली बेबस सभी के सामने चुप्पी साध कर रह जाती।

मंगलू ने एक रोज़ उस पर नकली प्यार उँड़ेलते हुए धोखे से कुछ कागज़ों पर यह कहते हुए हस्ताक्षर करवा लिए कि बैंक में 'ज्वांइट एकाउण्ट' खोलना है और फिर एक वकील से तलाक़ के कागज़ तैयार करवाकर कोर्ट में फाइल करवा दिये।

भोली-भाली कमली को इस साज़िश की भनक तक न लगी। कोर्ट में डायवोर्स के समय सच्ची बात जानकर वह हतप्रभ होकर रह गयी। कमली के माता-पिता और सगे-सम्बन्धी मंगलू के सामने हाथ जोड़े गिड़गिड़ाये जा रहे थे। पत्नी के परिवार के लोग अनपढ़ होने के साथ-साथ गरीब भी थे। कानून के दाँव-पेंचों से अनभिज्ञ वे कुछ भी न कर सके। वकील के द्वारा बताये जाने पर कि मंगलू ने गुपचुप अपनी पर्सनल सेक्रेटरी इन्दु शर्मा से विवाह कर लिया है। उस समय कमली को लगा कि वह चक्कर खाकर गिर जाएगी। उसे कुछ सूझ नहीं रहा था। बस, वह गुमसुम बनकर वकील के सामने खड़ी रही। उसी समय मंगलू ने उसकी ओर देखते और मुँह बिचकाते हुए कहा–

"आई डोंट वांट दिस ब्लडी वुमन, अंग्रेज़ी तो दूर रही, इस गँवार को हिन्दी भी ठीक से नहीं आती।"

मंगलू की बातें सुनकर कमली के तन-बदन में आग लग गयी। उसने मंगलू को लाल-लाल आँखों से ऐसे घूरा जैसे उसकी आँखें मंगलू को जलाकर अभी भस्म कर देंगी। वह अब गरजती हुई उससे बोली–

"तेरी अम्मा कूँ भी तो अंग्रेजी ना आवे, वाकूँ भी छोड़ दै, रांड कौ काई कूँ कुछ समझे ही नायँ, पढ़-लिख गयौ तो पानी कूँ पप्पा कहन लग्गौ, मेरी ससुरी कै कीड़े पड़ के मरेगौ।"

कारज

मगनलाल बहुत खुश था। उसके पैर ज़मीन पर नहीं पड़ रहे थे। वह रह-रहकर पुराने फिल्मी गीत की पंक्ति गुनगुनाये जा रहा था–

"एक बंगला बने प्यारा... ।"

कमली एक-दो बार तो सुनकर चुप रही, लेकिन मगन के बार-बार रट लगाने पर झुँझलाकर बोली–"रहने को झोंपड़ी नहीं और रट लगाये हैं–एक बंगला बने प्यारा, एक बंगला बने न्यारा... ।"

"हाँ, अब हमारा भी यहाँ एक घर होगा जिसे हम अपना कह सकेंगे, मैं जिस बैंक में काम करता हूँ अपने स्टाफ को मकान बनाने के लिए कर्जे की सुविधा दे रहा है..., बैंडिल चर्च के पास कृष्णा पल्ली में प्लाट अलाट हुए हैं, मैंने भी फार्म भर दिया था...., कमली, ड्रा में प्लाट निकल आया है।" मगन ने पत्नी के गले में गलबहियाँ डालते हुए कहा था।

मगन की बातें सुनकर पल-भर में ही कमली के चेहरे पर कई भाव आये और गये। कुछ कहे कि मगन ने उसे बाँहों में भरकर उठा लिया। पास खड़े दोनों बच्चे उसे देखकर मुस्कुरा रहे थे। बच्चों पर जब उसकी नज़र गयी तो उसने हड़बड़ाहट में कमली को अधर में ही छोड़ दिया। धम्म की आवाज के साथ कमली कराह उठी थी। दोनों बच्चों ने आगे बढ़कर उसे सहारा देकर उठाया। उस समय मकान बनाने की बात आयी-गयी हो गयी थी। रात के भोजन के समय मगन ने फिर बात छेड़ दी–

"...बैंक से ज़मीन खरीदने और मकान बनाने के लिए कर्जे के रूप में पूरी रकम मिल जाएगी जो आसान किश्तों में पगार से कटती रहेगी।"

मगन की बात सुनकर कमली गम्भीर होकर बोली—"दोनों बच्चे बड़े हो रहे हैं, इनकी पढ़ाई-लिखाई का खर्च और शादी-ब्याह, गाँव में अकेली रह रही बूढ़ी माँ का क्या होगा, क्या माँ को बुढ़ापे में अकेला ही छोड़ दोगे, जात-बिरादरी के लोग क्या कहेंगे?"

"माँ को अपने पास बुला लेंगे।" मगन ने कहा था।

"कितना रुपया लग जाएगा यहाँ मकान बनाने में?" पत्नी ने एक बार फिर गम्भीर मुख-मुद्रा बनाते हुए पूछा।

"पाँच-छह लाख।" मगन ने कहा।

"पाँच-छह लाख, इतने सारे रुपये!" कमली ने हैरानी व्यक्त करते हुए कहा।

"हाँ, बैंक से कर्जा मिल जाएगा..., चिन्ता किस बात की।"

"बैंक से तो मिल जाएगा, लेकिन पूरी नौकरी करने तक कटेगा भी तो।" कमली ने माथे पर आये पसीने को साड़ी के पल्लू से पोंछते हुए कहा था।

"कटेगा तो सही, लेकिन...।"

"अरे छोड़ो लेकिन-वेकिन, कुछ समझ से काम लिया करो, मेरी मानो—गाँव का जो मकान है। उसे ही पक्का क्यों न बनवा लें, यहाँ इतना पैसा लगाओगे...गाँव में बीस-पच्चीस हजार में रहने लायक घर बनकर तैयार हो जाएगा, आखिर तो अपनी जड़ से ही पेड़ खड़ा रहता है, आपको गाँव से नाता तोड़ कर दुःख नहीं होगा?" कमली एक रौ में अपनी बात कह गयी थी।

"कमली, गाँव में रहने की बात कर रही हो, बड़ी जातियों की तो बात ही क्या, छोटी कही जाने वाली जातियों में ऊँच-नीच की भावना आज भी मौजूद है।" मगन ने कमली के चेहरे की ओर निहारते हुए कहा था।

"देश को आज़ाद हुए पचास साल से ज्यादा हो गये हैं, अब ये सब पुरानी बातें हो गयीं, कौन इन बातों पर ध्यान देता है...जो थोड़ी-बहुत छुआछूत है वह धीरे-धीरे अपने आप ही समाप्त हो जाएगी।" कमली इस बार भी अपनी बात एक साँस में बोल गयी।

मगनलाल को पत्नी की बातें मूर्खता से भरी लगीं। वह चिढ़ते हुए बोला—"देख, पढ़े-लिखे लोगों जैसी बातें मत कर, मेरे ऑफिस के बड़े-बड़े अफसर और बाबू

छुआछूत पर ऐसी ही लम्बी-लम्बी बातें करते हैं, लेकिन वे अन्दर से कितने गहरे तक जाति-व्यवस्था से जुड़े हैं, यह मैं अच्छी तरह से जानता हूँ।''

कमली ने स्थिति की गम्भीरता को समझते हुए चुप रहना ही उचित समझा। लेकिन मगन उस रात ठीक से सो नहीं सका। पत्नी की बातों ने उसे दुविधा में डाल दिया। वह रह-रहकर सोचता—ठीक ही कह रही है, यहाँ अपना है भी कौन, न सगे-सम्बन्धी और न नाते-रिश्तेदार...सब के सब गाँवों में ही तो हैं, और फिर बच्चों के शादी-ब्याह भी अपनी जात-बिरादरी में करने होंगे।

मगन कई दिनों तक इस विषय को लेकर परेशान रहा। उसके भीतर एक उथल-पुथल मची हुई थी। आखिर, एक दिन उसने फैसला कर ही लिया कि गाँव के टूटे-फूटे मकान को ही नया रूप देगा। उसने अपने मन की बात पत्नी से कही। उसके इस फैसले ने कमली को आश्वस्त कर दिया था। वह यह जानकर बहुत खुश थी कि उसके पति ने बात मान ली।

दो महीने बाद मगनलाल पत्नी के साथ गाँव में मकान बनाने जा पहुँचा। दोनों बच्चों की स्कूल की पढ़ाई खराब न हो, इसलिए वह बच्चों को साथ लेकर नहीं आया था। पूरे मोहल्ले में उसके पक्के मकान बनने की चर्चा थी। ईंटें आने के साथ-साथ नींव खुदाई का काम चल रहा था। मजदूर काम में जुटे हुए थे। मगन की बूढ़ी माँ एक ओर खटोले पर बैठी हुक्किया गुड़गुड़ा रही थी कि इतने में पास के चमार मोहल्ले के परसादी मगनलाल के पास आकर खड़े हो गये। मगन ने उन्हें नमस्कार किया और आगे बढ़कर उनके पैर छुए। परसादी ने भी उसके सिर पर हाथ फेरते हुए स्नेह दिखाया। पास ही बिछी चारपाई पर वे दोनों बैठ गये और मगन के पिता के जिन्दा रहने के समय की बातों पर चर्चा चल पड़ी। मंगलू कुम्हार गधों से ईंटें ढुलाई के कार्य में लगा हुआ था। थोड़ा सुस्ताने भर के लिए वह भी उन दोनों के समीप आकर खड़ा हो गया। मगन ने मंगलू कुम्हार को अपने नजदीक खड़े देखकर पत्नी को आवाज लगाकर तीन कप चाय बनाने को कहा। थोड़ी ही देर में कमली चाय ले आयी। परसादी ने तो हाथ बढ़ाकर चाय का कप थाम लिया। लेकिन मंगलू कुम्हार ने चाय को देखकर मुँह बिचका लिया था। वह मगन को घूरता हुआ वहाँ से चलता बना और अपने ईंट ढुलाई के काम में लग गया। मंगलू की हरकत पर मगन और परसादी मौन धारण करके रह गये थे। उन दोनों से कुछ बोलते नहीं बन रहा था। परसादी बड़बड़ाते हुए इतना ही बोले—''आया साला बामन का चोदा।''

चाहता था कि उन रुपयों से उसके पिता टूटे-फूटे मकान की मरम्मत करवा लें। लेकिन मोहल्ले वालों की ज़िद व पुराने समय से चली आ रही कुप्रथाओं के सामने घुटने टेक दिये थे रामदरस ने। उन्होंने मगन को समझाते हुए कहा था–

"बेटा, गाँव में रहनौ है तो यह सब करनौ पड़ैगो...मोसे (मुझसे) मोहल्ला वालों के ताने नाँय सुने जात।"

मगनलाल कलकत्ता के पास हुगली जनपद बैंडिल-चर्च, इलाहाबाद बैंक में चपरासी के पद पर पाँच वर्ष पहले भर्ती हुआ था। नौकरी के साथ-साथ वह पत्राचार माध्यम से पढ़ाई भी करता रहा। कमजोर आर्थिक-स्थिति और पारिवारिक जिम्मेदारियों के कारण वह समय रहते अपनी शिक्षा पूरी नहीं कर सका था। उसने रात-दिन एक करके मैट्रिक पास कर ली थी। वह बैंक में बाबू के पद तक पहुँच गया था। गाँव में घर के नाम पर बस एक मिट्टी-गारे से बनी कुठरिया थी और वह भी जगह-जगह से बरसाती थपेड़ों से टूट गयी थी। उस दिन मगन द्वारा बचाये रुपयों से ही उसके दादाजी का कारज हो रहा था। मगन की आँखों के सामने उस दिन की एक-एक घटना चल-चित्र की भाँति घूम रही थी।

दोपहर को सूअर के पके मांस की दावत हुई थी। आस-पास के गाँवों से आये नाते-रिश्तेदार सभी कतार लगाकर बैठ गये। रकाबियों (मिट्टी से बना बर्तन) में मांस परोसा गया और सभी के हाथों में दो-दो रोटियाँ थमा दीं। हरेक के सामने चूसी हड्डियों का ढेर लग गया था। जब सभी खाना खा चुके तब उनमें से एक व्यक्ति जयकारा लगाते हुए उठा–

"बोलो–गुरु वाल्मीकि स्वामी की जय।" उसके साथ-साथ सभी जयकारा लगाते हुए पंगत से उठ खड़े हुए थे। आज मगन अपने माथे पर हाथ मारकर सोचता है कि गुरु वाल्मीकि और सूअर के पके मांस की दावत में आपस में कैसा सम्बन्ध? वह अपने दिमाग पर जोर डालकर सोचने में लगा हुआ था कि तभी उसकी माँ ने उसे आवाज लगाकर अपने पास बुलाया और पाँच वर्ष पहले मगन को कहे उसके पिता के शब्दों को दोहराते हुए बोली–

"बेटा, गाँव में रहना है तो मोहल्ले के लोगों की माननी पड़ेगी और कारज करना पड़ेगा...मकान बाद में बनता रहेगा, पहले अपने पिता का कारज कर दे।"

माँ की बातें सुनकर मगन भीतर तक हिल गया था। उसने पीछे मुड़कर देखा–पन्ना, तिरखा, बहोरी, इतवारी आदि मोहल्ले के लोगों के चेहरों पर कुटिल मुस्कान तैर रही थी। वह अपनी माँ को इस कुप्रथा के बारे में समझाने के लिए अपना मुँह खोले कि तभी पन्ना भगत दावत खाने के लालच में बोला–"मगना, बावरो मत

बने, उल्टी गंगा मत बहा...बरसों से चले आ रहे रिवाज़ों को ताक पर मत धर, पहले अपने बाप की चिता की आग को ठण्डी करवे की सोच जासे वाकी आत्मा कूँ शान्ति मिल सके।"

मगनलाल कई दिनों तक मोहल्ले के लोगों को समझाने की कोशिश करता रहा, लेकिन उन सभी की आँखों पर तो अज्ञानता का पर्दा पड़ा हुआ था। मोहल्ले वालों की बातें सुनकर कमली की भी आँखें खुल गयी थीं। वह जैसे सोते से जाग गयी हो। उसे कलकत्ता में कही पति की बातें याद आ रही थीं–

"....गाँव में अब भी छुआछूत, ऊँच-नीच और कुप्रथा का बोलबाला है, ऊँची जाति की क्या कहें, दलितों में भी आपस में.... ।" कमली अब यह सब अपनी आँखों के सामने देखकर विचलित हो उठी थी। वह सोच रही थी कि ऐसे माहौल में उसके पढ़े-लिखे बच्चे भला कैसे रह सकेंगे?

उसने अब मगन से सीधे-सीधे कहा–"शहर में ही मकान बनाकर रहेंगे, अम्मा को भी साथ ले चलेंगे।"

पत्नी की बातें सुनकर मगन मन्द-मन्द मुस्काया। उसने उसकी ओर देखते हुए कहा–

"कमली, हमारे पास विकल्प है, मैं ऑफिस से कर्ज़ा लेकर शहर में मकान बनवा सकता हूँ...हमारी कोई मजबूरी नहीं कि गाँव में रहें, आज़ादी के पचास वर्षों से अधिक बीत जाने के बाद कुप्रथाओं और ऊँच-नीच के जंग खाये स्तम्भों के सहारे खड़ा है मेरा गाँव।" मगन ने पत्नी को ऊँचे स्वर में आवाज लगाकर कहा–

"जल्दी से सन्दूक तैयार कर, अम्मा के कपड़े भी बाँध ले, इस गाँव में एक पल भी नहीं रहना।"

कमली ने पति की बात सुनकर शीघ्र ही सन्दूक में कपड़े भर लिए और बिस्तर-बन्द भी तैयार कर लिया। बिना देरी किये सिर पर बिस्तर-बन्द और एक हाथ में अपनी बुजुर्ग माँ का हाथ थामे मगन गाँव से चल पड़ा। पीछे-पीछे पत्नी लम्बे-लम्बे डग भरती आगे बढ़ आयी थी।

तीन चित्र

चूहड़ा

(1)

जनपद अमृतसर के कथुनंगल गाँव में रहता था जोगिन्दरसिंह। वह उन दिनों गुरु नानक देव यूनिवर्सिटी में पढ़ता था। यूनिवर्सिटी में आते-आते उसने अंग्रेज़ी भाषा पर पूरा अधिकार जमा लिया था। सुन्दर गोल चेहरा, चौड़ा सीना और मजबूत सुडौल जंघायें थीं उसकी। मन्द-मन्द मुस्कुराकर बातें करना और खिलखिलाकर हँसना, सभी छोटे-बड़ों को भाता था जोगिन्दर सिंह। जब वह फर्राटेदार अंग्रेज़ी बोलता तो सभी उसके मुँह की ओर टुकुर-टुकुर देखते।

जोगिन्दर के व्यक्तित्व से आकर्षित होकर गाँव की जट युवतियाँ एकान्त में मौका पाकर उससे बातें बनाने का बहाना ढूँढ़तीं। लेकिन कमबख्त वही दो छोरों के बीच लटकता जाति में श्रेष्ठ होने का अहम् आड़े आ जाता।

एक दिन जोगिन्दर खेत में पेड़ के नीचे बैठा अंग्रेज़ी का अखबार पढ़ रहा था। गाँव के जट-सिक्खों की तीन युवतियाँ मनप्रीत, रवीन्द्र और सुखविन्दर उधर से गुजरीं। मनप्रीत ने रवीन्द्र को चुटकी भरते और जोगिन्दर की ओर देखकर लम्बी साँस छोड़ते हुए कहा–

''हाय मैं मर जावाँ, किन्ना (कितना) सजीला जवान है नी जोगिन्दर!''

''इसकी छाती वेख (देख) फौजियाँ वरगी (जैसी) और मुखड़ा...!'' रवीन्द्र बोली।

"पर की करिये, है तो चूहड़ा।" सुखविन्दर दोनों सहेलियों के चेहरों को निहारते हुए बोली। वे तीनों आपस में किल्लोल करती जोगिन्दर के समीप आ गयी थीं। रवीन्द्र ने जोगिन्दर का उपहास करते हुए मनप्रीत और सुखविन्दर से जानबूझकर ऊँचे स्वर में कहा–

"आजकल चूहड़े वी अंग्रेजी दा अखबार पढ़न लग पये ने।"

जोगिन्दर नजर उठाकर उनकी ओर देखे कि तब तक वे तीनों उसके निकट आ चुकी थीं। सुखविन्दर ने उसके हाथ से अखबार छीनने का प्रयास करते व आँखें नचाते हुए कहा–

"फ़ेर, अखबार पुठा कि सिदा, पता वी है कुछ कि भई, कि अमे ही फड़ी होई है?"

(2)

पिछले कई महीनों से चतरसिंह के मन में उथल-पुथल मची हुई थी। वह रह-रहकर सोचता–

"ठीहा न चल सका तो क्या होगा...जेब में दो पैसे हैं वे भी जाते रहेंगे।"

दूसरे ही पल अपनी बुद्धि पर तरस खाता और माथे पर हाथ मारता हुआ बड़बड़ाता–"मैं भी भला कौन-सी दुनिया में जी रहा हूँ...जमाना कितना बदल गया है, अब पहले जैसी बातें कहाँ, फिर सड़क-चौराहे पर आती-जाती सवारियों को क्या पता चलेगा कि... ।"

चतरू को अब दिल्ली में आई. एस. बी. टी. अड्डे के पास अपने चाचा भरतू का ठीहा याद आ रहा था। पिछली बार जब वह चाचा से मिलने दिल्ली आया था तो देखकर हैरान था और खुश भी। उसके चाचा भरतू को चाय के काम में तनिक भी फुर्सत नहीं थी। प्रातः सात बजे से चाय पीने वालों की जो भीड़ जुटती कि रात के ग्यारह-बारह बज जाते। चाचा के दोनों बेटे भी स्कूल की पढ़ाई बीच में छोड़कर ठीहे पर कप-प्लेट साफ करने के काम में जुट गये। ढाई-तीन सौ रुपये रोज कमा लेता था उसका चाचा भरत। इन्हीं सब बातों को लेकर चतरू के भीतर कई दिनों तक अन्तर्द्वन्द्व चलता रहा। आखिरकार, एक रोज उसने निर्णय ले ही लिया और सड़क चौराहे पर चाय का ठीहा जमा दिया।

उधर, बद्रीनारायण के सीने पर साँप लोट गया, यह जानकर कि गाँव के चतरू ने चौराहे पर चाय की दुकान खोल ली है। इक्का-गाड़ी व आने-जाने वाली बसों की सवारियाँ चतरू की दुकान पर आने लगीं। फिर, ऊपर से उसका सलीके से सजा और

साफ-सुथरा ठीहा! मिट्टी के कुल्हड़ की जगह वह काँच के साफ-सुथरे गिलासों का प्रयोग करता और चाय में अच्छी पत्ती व अदरक, इलायची भी डालता। अब ज्यादातर ग्राहक उसकी दुकान पर आने लगे थे। चतरू के ठीहे की चाय धीरे-धीरे आस-पास के इलाके में प्रसिद्धि पाने लगी। पैदल या सवार जो भी उस रास्ते से निकलता, चतरू की चाय पीये बिना आगे न बढ़ता। उसका ठीहा हटवाने के लिए बद्रीनारायण रोज नये-नये हथकण्डे अपनाता। प्रशासनिक अधिकारियों से मिलकर तरह-तरह की जुगत भिड़ाता। लेकिन वह सफल नहीं हो पा रहा था।

बद्रीनारायण ने धन्धे में आये इस अवरोध को लेकर अपने घर के सदस्यों से भी चर्चा की। एक दिन बद्री के चेहरे पर आते-जाते भावों को पढ़ते हुए उसकी पत्नी ने सहजता से एक युक्ति सुझायी। युक्ति सुनकर वह खुशी से उछल पड़ा। वह पत्नी के गले में गलबहियाँ डालते हुए बोला—''अरे वाह, क्या तरकीब सुझायी है, आखिर हो तो पण्डिताइन!''

मारे खुशी के बद्रीनारायण के पैर जमीन पर नहीं पड़ रहे थे, उसे प्रतिपक्षी को पस्त करने की युक्ति जो मिल गयी थी। ऐसी युक्ति कि साँप भी मर जाए और लाठी भी न टूटे। उसने अपनी चाय के रेट दुगने कर दिये। ग्राहकों ने जब इसका कारण पूछा तो उसने मुँह बिचकाते हुए कहा था—''हिंया तो बड़े रेट पे ही मिलेई, एक रुपय्या में पीनी हो तो वो सामने....।''

''ऐसा काहे?'' एक ग्राहक ने पूछा।

''लूट मची है का?'' चार-पाँच ग्राहक एक स्वर में बोले।

''देखो मेरौ मुँह न खुलवाओ, दो रुपय्ये में पीनी है तो पियो वरना चलते बनो।'' बद्रीनारायण ने त्योरियाँ चढ़ाते हुए कहा।

''वा (उस) दुकान पे भीड़ है, देखो कैसी मारा-मारी मँची है!'' ग्राहक ने चतरू की दुकान की ओर हाथ का संकेत करते हुए कहा।

''...फिर मैं का करूँ?'' बद्री ने टके-सा जवाब दिया।

''अरे यह भी काऊ (किसी) मतलब की बात भई (हुई)?'' एक ग्राहक फिर बोला।

''क्यों बात मतलब की क्यों ना है, यह एक पण्डित की दुकान है और सामने वाली चूहड़े की।'' बद्रीनारायण अपनी बात एक रौ में बोल गया। उसने अपनी बात ज़ारी रखते हुए एक बार फिर तेज़ स्वर में कहा—

''पियो, खूब पियो चूहड़े की चाय, करो अपनौ-अपनौ धरम-भिष्ट।''

पण्डित बद्री की बातें सुनकर मानो सभी ग्राहकों को काठ मार गया। चतरू की दुकान पर चाय पीते लोगों के चेहरों के भाव बता रहे थे जैसे उसके ठीहे की चाय पीकर वाकई उनका धर्म-भ्रष्ट हो गया हो। अब कोई भूले से भी उसके ठीहे की ओर मुँह तक न करता।

(3)

कल गाँव में बौद्ध उपासक राजबीर की बेटी की शादी है। बायीं-कला बौद्ध विहार से संस्कार कराने बौद्ध-भिक्षु भन्ते ज्ञानमणि आये हुए हैं। लगभग दस वर्ष पहले हिन्दू-धर्म की कुरीतियों एवं ऊँच-नीच की भावना से तंग आकर राजबीर और उसके मोहल्ले के दूसरे लोग बौद्ध बन गये हैं। तब से ये सभी अपने धार्मिक और सामाजिक कार्य बौद्ध-धम्म पद्धति से करते आ रहे हैं। अब राजबीर ने अपने नाम के साथ 'शाक्य' शब्द का प्रयोग करना शुरू कर दिया है।

घर के आँगन में बैठक जमी हुई थी। राजबीर शाक्य और दूसरे लोग बौद्ध-भिक्षु की बातें ध्यान लगाकर सुन रहे थे। गाँव के एकमात्र मुस्लिम परिवार का सदस्य नूर मोहम्मद भी उनके पास आकर बैठ गया। उस समय भन्ते ज्ञानमणि हिन्दू धर्म की ऊँच-नीच की कुप्रथा पर चर्चा करने में लीन थे। वह बता रहे थे कि किस तरह महा-मानव बुद्ध ने उपाली नाई और सुमित नाम के भंगी को बौद्ध-धम्म में दीक्षा दी। लोग उनकी बातें ध्यान-मग्न होकर सुन रहे थे। ऐसा लग रहा था कि मानो लोगों के ऊपर उनकी बातों का प्रभाव पड़ रहा हो।

दगड़े के उस पार बारात को ठहराने की व्यवस्था की गयी थी। बारात ठहराने की जगह को यहाँ की जनभाषा में जनमासा कहा जाता है। जनमासे में बूढ़ा फुलिया झाडू से सफाई करने के कार्य में व्यस्त था। फुलिया का असली नाम फूलसिंह था, लेकिन गाँव में उसे फुलिया कहकर ही पुकारते। वह अपना काम करके जैसे ही घर जाने को हुआ, तभी राजबीर ने आवाज लगाते हुए उससे कहा—''चाचा अभई जईओ (जाना) मत, चाय तैयार है।''

राजबीर की आवाज सुनकर फूलसिंह हैण्ड-पम्प पर जाकर हाथ-मुँह धो आया था। कन्धे पर पड़े अँगोछे से हाथ-मुँह पोंछता वह वहाँ आ खड़ा हुआ। थोड़ी ही देर में सभी को कपों में चाय बाँटी गयी। फूलसिंह ने भी हाथ बढ़ाकर चाय का कप थाम। चार-पाँच लम्बे-लम्बे घूँट में ही वह चाय पीकर अब वहाँ से चला आया था।

राजबीर की बूढ़ी माँ खाली कपों को धोने के लिए इकट्ठा करने में लगी हुई थी। वह फुलिया का कप उठाने को नीचे जैसे ही झुकी कि तभी राजबीर बोला—''अरे-अरे अम्मा, यह फुलिया का कप।''

"हाँ हाँ, मोय पतौ है, इतनी बुद्धु ना हूँ कि फुलिया कौ जूठौ कप दूसरे कपों में मिला दूँगी।" बूढ़िया ने फुलिया वाले कप को एक ओर सरकाते हुए कहा।

राजबीर और उसकी माँ के वार्तालाप को सुनकर भन्ते और नूर मोहम्मद अवाक् होकर रह गये। उन दोनों में से कोई कुछ बोले कि राजबीर शाक्य तुरन्त बोला—"अब इतनौ तो ध्यान रखनो ही पड़ेगौ कि जूठौ कप चूहड़े कौ है।"

एलिजाबेथ

आज, मैं दस वर्षों के बाद विनोद वशिष्ठ से मिला था। सरकारी नौकरी और फिर ऊपर से एक शहर से दूसरे शहर में तबादले पर तबादले के कारण मैं अपने दिल्ली के साहित्यिक-मित्रों से कटकर रह गया था। विनोद वशिष्ठ दिल्ली के समीप गुड़गाँव के एक कॉलेज में प्रोफेसरी करता है। उन दिनों वह रहता भी वहीं था। प्रोफेसरी के साथ-साथ वह देश की साहित्यिक पत्र-पत्रिकाओं में विभिन्न विषयों पर गम्भीर लेख व समीक्षाएँ भी लिखता रहता है। लेखन के क्षेत्र में उसका अच्छा-खासा नाम है।

विनोद के लेखन की कला और उसकी बौद्धिकता से प्रभावित होकर ही एलिजाबेथ उसकी ओर आकर्षित हुई थी। इसके साथ-साथ उसने एलिजा को मार्क्सवादी साहित्य की पहचान कराना भी सिखाया। उन दोनों की यह मित्रता दिन पर दिन बढ़ती गयी और शीघ्र ही गहरे प्यार में बदल गयी। एक दिन सायंकाल इण्डिया-गेट के पार्क में वे दोनों एक-दूसरे के हाथों में हाथ डाले घूम रहे थे। उस दिन मैं भी इण्डिया-गेट पर लगी दूधिया रोशनी का आनन्द उठा रहा था। मैं दो कदम आगे बढ़ा ही था कि विनोद और एलिजाबेथ एकदम सामने आ गये। विनोद ने एलिजाबेथ से परिचय कराते हुए मुझसे कहा—"अशोक, यह एलिजाबेथ है, मेरी मित्र, नयी दिल्ली, आर. के. पुरम के केन्द्रीय विद्यालय में अंग्रेज़ी की अध्यापिका है।"

एलिजाबेथ सुघड़ रूपसी तो थी ही। उस दिन नीले आसमानी रंग की साड़ी में

उसका साँवला-सलोना रूप...व्यक्तित्व में ऐसा कुछ था जो एकाएक ध्यान आकृष्ट करता था। मोटी-मोटी हिरणी सी आँखें थीं उसकी। वह मुख से कम आँखों से अधिक बतियाती। लेकिन जब भी बोलती मधुर और खनकदार आवाज़ में अपनी बात रखती।

विनोद वशिष्ठ और एलिजाबेथ के प्यार का किस्सा दिल्ली के हरेक साहित्यकार की ज़ुबान पर रहने लगा। वे दोनों भी अब बेझिझक दिल्ली की साहित्यिक गोष्ठियों में उपस्थित रहते और घण्टों बहसों में हिस्सा लेते। विनोद शुरू से ही प्रगतिशील एवं वामपन्थी विचारधारा का लेखक रहा है। वह हमेशा मंचों से वर्ण-भेद की बात न कह कर वर्ग-भेद पर ही चर्चा करता। उसका मानना था कि जब ग़रीब-अमीर का भेद मिट जाएगा तो ऊँच-नीच की भावना देश से अपने आप समाप्त हो जाएगी। उसकी ऐसी ही बातों से एलिजाबेथ पूरी तरह से प्रभावित हो चुकी थी। वह मन-ही-मन मन्द-मन्द मुस्काती और सोचती–विनोद के कितने अच्छे विचार हैं, ऊँच-नीच से कोसों दूर!

कई बार विनोद की बातें सुनकर मैं भी सोचता कि वह छुआछूत व धर्म के ढकोसलों से वाकई बहुत ऊपर है। एक-दो बार अनुरोध के स्वर में उसने मुझसे कहा था–"क्यों दलित-साहित्य के लेखन के फेर में पड़े हो, क्या साहित्य भी कभी दलित होता है?" लेकिन मैं उसकी कथनी और करनी को देखकर विचलित हो उठता था। उसके घर में जब भी कोई धार्मिक या सामाजिक कार्यक्रम होता तो उसमें वह बढ़-चढ़कर व मन लगाकर भाग लेता। हाथ में लाल रंग का कलावा और माथे पर गज-भर लम्बा तिलक लगाये फिरता। यह हाल केवल विनोद वशिष्ठ का ही नहीं था, अपने आपको घोर कम्युनिस्ट कहे जाने वाले तिवारियों, त्रिपाठियों, भारद्वाजों, शर्माओं, पाण्डे, मल्होत्राओं, वर्माओं सभी का था। इनके हाथों की कालाइयों पर लाल रंग का कलावा तो बँधा ही रहता, दोनों हाथों की सभी उँगलियों में तरह-तरह के पत्थरों की अँगूठियाँ ठुँसी रहतीं। ये मंच पर बात करते-करते हमेशा अँगूठियों वाले व कलावा बँधे हाथ को हवा में लहराकर अपनी बात प्रस्तुत करते। इस विषय पर जब भी मैं विनोद से चर्चा करता, वह बड़ी चतुराई से हँसकर टाल जाता–

"अब यार, घर वालों की भी तो माननी पड़ेगी, सैकड़ों वर्षों के संस्कार एकदम से क़ैसे छूट जाएँगे?"

मुझे अच्छी तरह याद है, एक रोज उसने मुझे समझाते हुए कहा था–"अशोक,

अपने मित्रों और दुश्मनों की पहचान करना सीखो, हम भारत के कम्युनिस्ट दलित-समाज के मित्र हैं, अब समय आ गया है कि हम अपनी इस साँझी लड़ाई को मिलकर लड़ें, दलित लेखकों को अब हमारे ऊपर विश्वास करना होगा।'' मैं उसकी बातें सुनकर उस समय भी मुस्कुराकर रह गया था। सोच रहा था कि कह दूँ कि आजादी के छप्पन वर्षों बाद भी आज तक कम्युनिस्टों ने अपने बीच से दलित नेतृत्व क्यों नहीं उभरने दिया, पार्टी में बड़े-बड़े और ऊँचे पदों पर ब्राह्मण ही क्यों जमे हुए हैं। आखिर, हम इन पर कैसे विश्वास करें, पहले ये हमारे दलित समाज के विश्वास-पात्र तो बनें। मैं बहस में पड़ना नहीं चाहता था, इसलिए विनोद से चर्चा करना उचित नहीं समझा।

एलिजाबेथ उसके लेखन की तो पहले से ही दीवानी थी, अब वह उसका संग व प्यार पाकर बहुत खुश थी। कई बार वह अपने घर वालों की मर्जी के खिलाफ़ उसके साथ हिल-स्टेशनों पर घूम आयी थी। विनोद ने उसे अपने प्यार के रंग में रँगने के साथ-साथ वामपन्थी विचारधारा में पूरी तरह से रंग डाला था। जैसाकि अक्सर होता है–प्यार के बन्धन में प्रेमी अपनी सुध-बुध खो बैठते हैं। एलिज़ाबेथ के साथ ऐसा ही हुआ था। वह देखते ही देखते विनोद के साथ बहुत लम्बी यात्रा तय कर गयी। वास्तव में विनोद भी उसे बहुत प्यार करता था।

विनोद के परिवार वालों को भी एलिजा को लेकर कोई परेशानी न थी। माँ-बाप का अकेला बेटा था विनोद, फिर देखने-दिखाने में एलिजाबेथ इक्कीस ही बैठती थी विनोद से। हाँ, कई बार एलिजा के ही परिवार वालों ने उसे विनोद के साथ मित्रता को लेकर समझाया था। पिता ने अपने अनुभवों के अनुसार सावधान करते हुए एक रोज कहा–''एलिजा, तुम समझदार हो...सोच-समझकर ही निर्णय लेना, बेटा–कल को कोई परेशानी न खड़ी हो जाए।''

पिता की बातें सुनकर एलिजाबेथ परेशान हो उठती थी। उस दिन उसने पिता से साफ-साफ कहा–''...हमारे परिवार को क्रिश्चियन बने हुए बीस वर्षों से अधिक का समय हो गया है, मेरे सभी साथियों और मित्रों में हमारे परिवार की पहचान क्रिश्चियन परिवार की है...हम सब हरेक रविवार चर्च में जाकर प्रेयर भी करते हैं।''

''बेटी फिर भी, तुम एक बार विनोद से साफ-साफ कह दो, जब वह तुम्हें सच्चा प्यार करता है तो वह यह सब जानकर भी इन्कार नहीं करेगा।'' पिता ने एलिजाबेथ

के सिर पर स्नेह का हाथ फेरते हुए कहा था।

पिता की इस बात से वह झुँझला कर रह गयी और बोली—"डैडी, विनोद प्रगतिशील विचारधारा का व्यक्ति है, साथ ही साथ वह वामपन्थ में भी पूरा विश्वास रखता है, हिन्दू, सिक्ख, मुसलमान व ईसाइयों में तनिक भी भेद नहीं रखता।"

आखिरकार, एलिजाबेथ ने अपने ही मन की बात पूरी की। दस वर्षों के लम्बे प्यार के बाद और एक-दूसरे को खूब अच्छी तरह से समझने के बाद विनोद के साथ रिश्ता तय हुआ। इसी दौरान मेरा तबादला एक शहर से दूसरे शहर होता रहा। हाँ, उस वक़्त दिल्ली छोड़ते समय दूसरे मित्रों से मुझे पता चला था कि अगले महीने की पच्चीस तारीख को विनोद और एलिजा विवाह बन्धन में बँधने जा रहे हैं। मैं उस समय उन दोनों को शुभ-कामना सन्देश भी न भेज सका था।

और आज, जब विनोद दस वर्षों के बाद जनपथ चौराहे पर लाल-बत्ती के पास मुझे मिला तो देखकर दंग रह गया। एलिजाबेथ की जगह उसके बगल में एक थुल-थुल शरीर की महिला खड़ी थी। विनोद की गोद में डेढ़-दो वर्ष की एक बच्ची खेल रही थी। मैंने उसकी ओर एक बार फिर गौर से देखा कि वह विनोद वशिष्ठ ही है। वह भी मुझे मुड़-मुड़कर देख रहा था। आखिरकार, पहल मैंने ही की और उससे पूछा—"विनोद वशिष्ठ ही हो न!" उसने भी मेरी ओर देखते हुए कहा—"अरे, अशोक परमार।" उसने बच्ची को बगल में खड़ी महिला के हाथों में सौंपकर फिर कसकर वह मुझसे गले लगकर मिला था।

"यह मेरी पत्नी कमला वशिष्ठ।" बगल में खड़ी उस महिला की ओर संकेत करते हुए उसने कहा।

मैं बहुत देर तक कमला में एलिजाबेथ को खोजता रहा, लेकिन असफल रहा। विनोद मेरे मनोभावों को भाँपते हुए बोला—"अशोक, यह मेरी बेटी टुकटुक...प्यार से हम इसे टुकटुक कहते हैं...वैसे इसका असली नाम लक्ष्मी वशिष्ठ है।"

इस दौरान हम बातें करते-करते जन्तर-मन्तर के पार्क में आ बैठे थे। बस, वह मुझसे मेरी नौकरी और तबादले के बारे में ही चर्चा करता रहा। मैंने उसे बताया कि अभी अहमदाबाद से दिल्ली आये मुझे छह महीने ही हुए हैं। दूसरे साहित्यिक मित्रों को तो अभी तक मेरे बारे में कोई जानकारी नहीं है। मैं उससे एलिजाबेथ के बारे में बातें करना चाह रहा था। लेकिन उसकी पत्नी उसके साथ थी। फिर भी मैंने दबे

शब्दों में उससे पूछ ही लिया—"यह सब कैसे हुआ, एलिजाबेथ कहाँ है...?"

विनोद ने मेरी बात पूरी भी न होने दी कि तभी उसने मेरा हाथ दबाते हुए चुप रहने को कहा। एलिजाबेथ का नाम सुनते ही उसने मुँह बिचका लिया था। वह अब मेरे कान के पास मुँह लाकर फुसफुसाया—"उस बिच के बारे में फिर कभी फुर्सत से बताऊँगा, धोखा देती रही वह मुझे लगातार दस वर्षों तक, वह तो यार...।" विनोद बात करते-करते अचानक रुका था, जैसे उसे कुछ याद आ गया हो। मैंने भी उस समय इस विषय पर उससे चर्चा करना उचित न समझा। कुछ देर बाद मैं उसके पास से उठकर चला आया था। लेकिन एलिजाबेथ को लेकर मेरे मन में उथल-पुथल मचती रही। बहुत देर तक सोचता रहा कि यह सब...?

दस वर्ष पहले विनोद और एलिजाबेथ की शादी तक का दिन तय हो गया था। विनोद के परिवार वालों की जिद के सामने एलिजाबेथ के परिवार के लोग बेटी की खुशी के लिए हिन्दू-धर्म के रीति-रिवाज से विवाह करने को तैयार हो गये थे। लेकिन ऐन वक्त पर उन दोनों का विवाह न हो सकने का क्या कारण रहा? इस बात को लेकर कई दिनों तक मेरे मन में अन्तर्द्वन्द्व चलता रहाँ कई बार सोचा कि विनोद से मिलकर पूरी जानकारी प्राप्त करूँ। लेकिन यही सोचकर चुप्पी साधकर रह गया कि मुझे किसी के व्यक्तिगत मामले में टाँग अड़ाने की क्या पड़ी?

कई महीनों बाद साहित्य अकादमी के एक कार्यक्रम में कहानीकार रवीन्द्र भारद्वाज से मेरी भेंट हुई थी। कार्यक्रम के बाद चाय के दौरान विनोद वशिष्ठ को लेकर यूँ ही सहज रूप से चर्चा चल पड़ी। रवीन्द्र शुरू से ही विनोद के काफी नजदीक रहा है। विनोद और एलिजाबेथ के साथ मैंने उसे न जाने कितनी बार साहित्यिक गोष्ठियों व दिल्ली के कई रेस्टोरेण्टों में एक ही टेबल पर साथ-साथ देखा था। मण्डीहाउस के बुक कॉर्नर पर ये तीनों रोज शाम को विभिन्न पत्र-पत्रिकाओं के पन्ने उलटते-पुलटते नज़र आ ही जाते थे। मैंने अब विनोद और उसकी पत्नी के साथ अपनी मुलाकात होने की बात उसे बतायी। वार्ता के दौरान मैंने उससे एलिजाबेथ के साथ विनोद का विवाह न होने का कारण जानना चाहा। मेरे मुँह से एलिजा का नाम सुनकर रवीन्द्र ने माथे पर सलवटें डालते और नथुने फुलाते हुए कहा—

"परमार साहब, उसकी बात मत करो...वह तो बड़ी चार सौ बीस औरत निकली।" अपनी बात कहते-कहते वह झटके के साथ रुका था। कुछ पल ठहर कर वह बोला—"यार क्या जमाना आ गया, अब तो किसी का कुछ पता ही नहीं चलता।"

रवीन्द्र भारद्वाज की बातों से स्पष्ट हो चुका था कि उसे मेरी जाति के बारे में ज्ञात न था। वह मेरे नाम के साथ 'परमार' शब्द लगे होने के कारण गुजराती राजपूत समझता रहा है। बातों-बातों में मैंने कई बार उससे कहा कि मैं राजपूत नहीं हूँ। लेकिन उसने मेरी बात पर ध्यान नहीं दिया और तुरन्त ही विनोद और एलिजाबेथ के विषय पर आ गया। मैंने चर्चा के दौरान एलिजाबेथ के बारे में फिर पूछा–

"क्या वह किसी और के साथ...।"

"नहीं यार, वह...।" बात करते-करते रवीन्द्र फिर अटका था। मैं उसकी संकीर्ण मानसिकता को अच्छी तरह समझ रहा था। इस तरह की संकीर्ण मानसिकता पाले हिन्दू जब किसी सिक्ख, ईसाई, मुस्लिम या दलित से आमने-सामने मिलते हैं तो सहज भाव से मिलते हैं। ये अपने अन्दर पल रहे ज़हर को प्रकट नहीं होने देते, लेकिन अवसर पाते ही जब वार करते हैं तो इनके दंश जिस्म पर ही नहीं मन में गहरे घाव कर जाते हैं। अब बात करते-करते मैंने भी पैंतरा बदला और स्नेह का झूठा हाथ रवीन्द्र के कन्धे पर रखते हुए पूछा–

"ऐसा आखिर क्या हुआ था कि उन दोनों का आपस में विवाह...।"

"कहा न परमार कि वह औरत धोखेबाज़ निकली, विनोद को लगातार दस वर्षों तक मूर्ख बनाती रही, बूढ़ा कर गयी वह उसको...उस बेचारे ने अब बुढ़ापे में शादी की है, तूने तो देखा ही है–दो वर्ष की बच्ची है उसकी।" वह एक रौ में अपनी बात कह गया था।

"कैसा धोखा दिया था एलिजाबेथ ने?" मैंने पूछा।

रवीन्द्र मेरे और निकट आकर दबे शब्दों में बोला–"एलिजाबेथ और उसके परिवार के लोग ईसाई बनने से पहले चूहड़ा जाति से सम्बन्ध रखते थे, यार अशोक, क्या धर्म बदलने से जाति बदल जाती है, यह तो अच्छा हुआ कि समय रहते सच्ची बात पता चल गयी, वरना विनोद के साथ बहुत बड़ा अनर्थ हो जाता।"

"लेकिन रवीन्द्र, तुम और विनोद तो धर्म-जाति व ऊँच-नीच की बातों को मानते ही नहीं...तुम तो प्रगतिशील व वामपन्थी होने का ढिंढोरा पीटते फिरते हो।" मेरे स्वर में भी अब तेजी थी।

"......प्रगतिशील या वामपन्थी होने का यह मतलब तो नहीं कि किसी भी चूहड़ी-चमारी से विवाह रचाते फिरें!" भारतीय वामपन्थी ब्राह्मण एक साँस में अपनी

बात कह गया था। अपनी बात को विराम देते और उसके हाथ की कलाई पर लाल रंग के कलावे पर नजर डालते हुए मैंने उससे इतना ही पूछा था–

"आजकल एलिजाबेथ है कहाँ?"

"भाग गयी भंगिन शर्म के मारे शहर छोड़कर, अब न जाने कहाँ रह रही है अपने परिवार के साथ।"

जाति

चेतन सिंह को ब्रांच ऑफिस ज्वाइन किये लगभग बीस दिन ही हुए थे। इस दौरान वह मुझसे कई बार हैड क्लर्क पी. सी. शर्मा की शिकायत कर चुका था। आज दफ्तर में काफी हंगामा हो गया था। चेतन मेरे केबिन में सामने खड़ा एक रौ में अपनी बात कहे जा रहा था—

"सर, यह पी. सी. शर्मा समझता क्या है, बामन का चौ....जब भी मिलता है मेरी जाति ही पूछता है, कई बार उसे बता चुका हूँ कि शिड्यूल्ड-कास्ट हूँ, लेकिन हरामी कुरेद-कुरेदकर मेरी उप-जाति के बारे में जानना चाहता है...सर, इसने फिर कभी पूछा तो साले के होश ठिकाने लगा दूँगा।"

चेतन सिंह बात करते-करते गुस्से से तमतमा उठा था। सच, उस दिन मैं संयम न दिखाता और सूझबूझ से काम न लेता तो दफ्तर के हालात बहुत बिगड़ जाते। पी. सी. शर्मा की ओर से जो कुछ भी हुआ था वह अप्रत्याशित नहीं था। पूरी सोची-समझी चाल थी उसकी। जब से मैं इस ऑफिस का ब्रांच-मैनेजर बनकर आया, उसी दिन से हैडक्लर्क पी. सी. शर्मा के सीने पर साँप लोट गया था। वह ऑफिस के साथियों से कहता फिरता—"कैसा जमाना आ गया, अब तो इस ऑफिस के ब्रांच मैनेजर चूहड़े-चमार भी बनने लगे।" वह इतनी तेज़ आवाज में अपनी बात कहता कि मैं केबिन में बैठा सुन सकूँ। उसकी बातों और हाव-भाव से स्पष्ट था कि वह सब मुझे सुनाने के लिए ही कहता है।

उस दिन मैंने चेतन को शान्त रहने को कहा था। मेरे बार-बार के समझाने पर वह मान गया था। लेकिन उस रात मुझे ठीक से नीद नहीं आयी। डोरमिटोरी में पलँग

पर रात-भर करवटें ही बदलता रहा और यही सोचता रहा कि आज तो पी. सी. शर्मा ने मर्यादा की तमाम सीमाएँ ही तोड़ दीं। इस शाखा कार्यालय में अकेला पी. सी. शर्मा ही नहीं था इस तरह सोचने वाला। और भी कई लोग थे। लेकिन शर्मा मुखर होकर सबसे आगे रहता। इसलिए ब्रांच ऑफिस में जातिवाद फैलाने के मामले में वही चिह्नित हो गया था।

जब से मैंने इस ब्रांच में पद सँभाला तभी से कुछ-न-कुछ रोज घट रहा था। एक दिन शिप्पमेंट का मसौदा लेकर सर्वेयर राजन कुट्टी मुझसे मिलकर चर्चा करना चाहते थे। सामने बैठे हैडक्लर्क पी. सी. शर्मा से उस सर्वेयर ने मेरे बारे में पूछा कि मैं केबिन में अपनी सीट पर हूँ या नहीं। तभी शर्मा ने अपनी आदत के अनुसार तेज़ स्वर में उससे कहा था—"हाँ, शुडू ब्रांच मैनेजर साहब, अन्दर केबिन में बैठे हैं, आप मिल लीजिए।"

दक्षिण भारतीय होने के कारण राजन कुट्टी उसकी कही बात का अर्थ समझ नहीं सका था। सच बात तो यह थी कि शर्मा की बात का अर्थ मैं भी नहीं समझ सका था। उस समय मैंने यही सोचा कि पी. सी. शर्मा ने मेरे नाम सुनील डुलगच का शुडू कहकर संक्षिप्त रूप बताकर राजन कुट्टी से अपनी बात कही है। असली बात का पता तो मुझे तब लगा जब कुछ क्षणों के बाद शर्मा के आस-पास बैठे ऑफिस के दूसरे लोग ठहाका लगाकर हँसे थे। उस समय मैं खून का घूँट पीकर रह गया। मैं उसके विरुद्ध कोई कार्यवाही भी नहीं कर सकता था। कारण, वह शाखा कार्यालय की यूनियन का प्रोटेक्टिव मेम्बर के साथ-साथ प्रेसीडेण्ट भी था। मेरे और जूनियर असिस्टेण्ट चेतन सिंह के अलावा इस ऑफिस में रिजर्व-कोटे से कोई न था। मैं बस किसी तरह से अपना समय निकालने भर का प्रयास कर रहा था। हर समय यही सोचता कि किसी तरह से तीन वर्षों का समय जल्दी से पूरा हो और इस घिनौने वातावरण से निकल भागूँ।

चेतन को जब भी अवसर मिलता या खाली होता मेरे पास आ बैठता था। आखिर, पेड़ अपनी जड़ों से ही तो जमा रहता है। ऑफिस में केवल मैं ही उसे अपना नज़र आता था। लेकिन मेरे और उसके बीच पदों को लेकर गहरा अन्तराल था। फिर भी मैं उससे बातें करता और अपनापन प्रकट करता। हाँ, ऑफिस का कैशियर सुखदेव सिंह और एल. डी. सी. स्टेनली थॉमस उसके साथ उठते-बैठते थे। ऑफिस की कैंटीन में मैंने कई बार इन तीनों को एक साथ खाना खाते हुए भी देखा था।

एक रोज चेतन लंच टाइम में मेरे केबिन में बैठा हुआ था। थोड़ी ही देर में कैशियर सुखदेव सिंह और स्टेनली थॉमस उसे ढूँढ़ते हुए वहाँ आ गये। मैंने उन दोनों को भी बैठ जाने को कहा। अभी कुछ ही देर हुई थी कि पी. सी. शर्मा ने अपने गुट के साथियों को सम्बोधित करते हुए तेज़ स्वर में बोलना शुरू किया–

"भाइयो, आज तो शुड्डू साहब तीनों चमचों के साथ खिचड़ी पकाने में लगे हैं।"

"अबे–खिचड़ी नहीं, मांस बोल मांस, ये जितने भी शुड्डू होते हैं मांस बहुत खाते हैं।" पी. सी. शर्मा के एक साथी तिवारी ने चुटकी लेते हुए कहा था।

"अपनी बहन-बेटियों के शादी-विवाहों में ये सूअर के मांस की दावत करते हैं और देखते ही देखते चट कर जाते हैं।" इस बार चपरासी ब्रह्मशंकर दुबे के शब्द कानों से टकराये थे। उनकी बातें सुनकर अब मैं भी विचलित हो उठा। अब पानी सिर के ऊपर से बहने लगा था। चेतन की आँखें अंगारे-सी लाल हो उठीं। मारे गुस्से के उसका जबड़ा भिंच गया। बाजू फड़क उठे थे उसके। वह मुट्ठियाँ तानकर उठा और केबिन से बाहर जाने लगा। मैंने उसे रोका और शान्त रहने को कहा। सुखदेव सिंह और स्टेनली थॉमस ने भी उसे समझाया। इसी दौरान पी. सी. शर्मा और उसके साथी अब अपनी-अपनी सीटों पर जाकर बैठ गये थे। मेरे भीतर जैसे आग का बवंडर उठ खड़ा हुआ था। पी. सी. शर्मा, तिवारी व चपरासी दुबे के शब्द मेरे सीने में शूल की तरह गड़ गये थे। लेकिन मुझे कार्यालय की मर्यादा का भी ध्यान था। अपने पद और प्रतिष्ठा के अनुरूप मैंने चुप्पी साधना ही बेहतर समझा। लेकिन मेरा अन्तर्मन गहरे सन्ताप से गुज़र रहा था।

कुछ देर ठहरकर मैंने कैशियर सुखदेव से कहा–"सुखदेव सिंह, पी. सी. शर्मा के पास जाओ और उससे कहो कि उसे शिड्यूल्ड-कास्ट ब्रांच मैनेजर ने बुलाया है।"

मैंने उसे हिदायत देते हुए फिर कहा–"याद रखना, यही शब्द प्रयोग करने हैं और उसे अपने साथ लेकर आना है।"

स्टेनली थॉमस और चेतन सिंह मेरे चेहरे को पढ़ने की कोशिश कर रहे थे। थॉमस डरा हुआ था, यह सोचकर कि अब न जाने क्या होगा? उसने सहमे स्वर में कहा था–"सर जाने दीजिए, आप इन लोगों को नहीं जानते, ये यूनियन...गुण्डे लोग हैं।"

मैं स्टेनली थॉमस की बात सुनकर चुप ही रहा। कुछ ही देर में पी. सी. शर्मा सुखदेव सिंह के साथ केबिन में मेरे सामने खड़ा था। मैंने उसे स्नेहपूर्वक खाली कुर्सी को ओर संकेत करते हुए कहा–"आओ प्रधान जी बैठो।"

मेरी स्नेह भरी बात सुनकर वह भौचक होकर रह गया। उसने सोचा था कि मैं उसकी बेहूदी बातें सुनकर आपे से बाहर हो जाऊँगा और उसे लड़ने का अवसर हाथ लग जाएगा। लेकिन वह मेरे व्यवहार से आश्चर्यचकित होकर रह गया। स्टेनली को मैंने चाय लाने को कहा। वह ऑफिस की पैंटरी से तुरन्त चाय ले आया। चाय का प्याला पी. सी. शर्मा की ओर बढ़ाते हुए मैंने कहा था–

"शर्मा जी, मैं अच्छी तरह से जानता हूँ कि आप इस ऑफिस के सबसे भले और ईमानदार इन्सान हैं, इसलिए मैंने आपकी पोस्टिंग स्टोर में की हुई है, दूसरे आपके साथी हमेशा मेरे पास शिकायत लेकर आते रहते हैं, यह अच्छी बात नहीं है।"

"कौन साला मेरी शिकायत लेकर आता है, नाम तो बताओ...एक-एक को ठिकाने लगा दूँगा।" शर्मा ने भृकुटि तानते हुए कहा था।

"अरे, जिनके साथ तुम रोज उठते-बैठते और खाते-पीते हो, वही दुबे और तिवारी।" मैंने भी निर्भय होकर पूरे विश्वास के साथ कहा था।

"क्या कह रहे थे मेरे बारे में?" उसने गर्म चाय का घूँट गले में उतारते हुए मुझसे पूछा।

"यही कि पी. सी. शर्मा ऑफिस की स्टेशनरी चोरी-चोरी मार्किट में 'लवली स्टेशनरी स्टोर' में बेच आता है।"

अँधेरे में छोड़ा मेरा तीर सही ठिकाने पर जाकर लगा था। अब वह झुंझलाते हुए बोला–"साहब, सरासर झूठ बोलते हैं, दोनों के दोनों, बेटी चोद...जलते हैं मुझसे।"

यूनियन का प्रेसीडेण्ट होने की उसे इतनी अकड़ थी कि पूछो मत। अपने आपको फँसता देख अब वह मुझे 'साहब' शब्द से सम्बोधित कर रहा था। बात करते-करते अपने दोनों साथियों को 'बेटी चोद' की भद्दी गाली भी दी थी उसने। उसकी बातें सुनकर मेरा मन ठहाका लगाने को हुआ था। लेकिन मैंने अपने आपको रोका। उस समय थोड़ी देर के लिए नारद के पिता ब्रह्मा और सरस्वती की कहानी याद हो आयी थी। तभी पी. सी. शर्मा ने होशियारी दिखाते व विषय से ध्यान हटाते हुए कहा–

"सर, उस दिन चेतन ने ऑफिस में बिना बात का बखेड़ा कर दिया, मैंने तो

इससे सहज रूप में अपनी जानकारी के लिए इसकी जाति के बारे में पूछा था और यह भाई ताव खा गया।'' अब शर्मा बात करते-करते 'साहब' से 'सर' पर आ गया था।

मैंने अब चेतन की ओर देखते और नाराजगी व्यक्त करने का अभिनय करते हुए कहा—''चेतन, इसमें बुरा मानने की क्या बात है, शर्मा को अपनी जाति बता क्यों नहीं देते....देखो—इन्हें तुम्हारी जाति के बारे में जानने की कितनी उत्सुकता है!''

मेरे सहज एवं सरल व्यवहार की पी. सी. शर्मा को तनिक भी उम्मीद न थी। वह हतप्रभ होकर रह गया था। अब वह कुछ कहे कि तभी सुखदेव सिंह बोल उठा—

''ओए पंडत दे पुत्तर, तेनू हौर कम भी है कि नयीं, माईयावे हरेक दी जात ही पूछदा फिरदा है...तूने क्या जात पूछण-दा ठेका ले लित्ता है?''

मैंने सुखदेव सिंह को आँखें दिखाते हुए चुप रहने को कहा। एक बार को मुझे लगा कि कहीं खेल बिगड़ न जाए और जो पी. सी. शर्मा चाहता है उसमें वह सफल न हो जाए। मैंने चेतन की ओर देखते हुए कहा—

''चेतन, बताओ मेरे सामने पंडत को अपनी जाति, सच बताने में आखिर बुराई क्या है...मैं चाहता हूँ कि रोज-रोज की यह आपस की चकल्लस आज इस ब्रांच से समाप्त ही हो जाए।''

''सर...।'' चेतन कुछ कहते-कहते बीच में रुका था।

''हाँ-हाँ, बताओ-बताओ, झिझको मत...मैं भी तो शिड्यूल्ड-कास्ट हूँ।'' मैंने शर्मा को देखते हुए चेतन से कहा था।

मेरी बातें सुनकर पी. सी. शर्मा अकबकाकर रह गया। अब वह दाँत निपोरते हुए बोला—''सर आप भी कैसी बातें करते हैं, आप तो इस ऑफिस के मैनेजर हैं।''

''मिस्टर शर्मा, बीच में बोलने की जरूरत नहीं है, चेतन अपनी जाति बताने जा रहा है और आप हैं कि उसे बोलने नहीं दे रहे।'' इस बार मेरे स्वर में तेजी थी, लेकिन मैं अपने को संयत किये हुए था।

''सर, अब मैं शर्मा को क्या बताऊँ?'' चेतन असमंजस की स्थिति में बोला।

''अरे चेतन भइया, तुम तो बिना बात के बुरा मान गये, मैं तो अपनी जानकारी के लिए पूछ रहा था।'' पी. सी. शर्मा ने गिरगिट की तरह रंग बदलते और मेरी ओर देखते हुए अपनी बात जारी रखी—

''सर, हम एक ऑफिस में काम करते हैं, एक-दूसरे के बारे में जानकारी रखना

क्या बुरी बात है?"

"नहीं, कतई नहीं, यह तो अच्छी बात है।" मैंने संक्षेप में कहा था।

"लेकिन शर्मा जी, मैं अपनी जाति...।" बात करते-करते चेतन एक बार फिर हकलाया था।

वार्तालाप सीधे-सीधे पी. सी. शर्मा और चेतन के बीच चल रहा था। मैं, सुखदेव सिंह और स्टेनली थॉमस मौन साधे बैठे हुए थे। तभी शर्मा ने मेज पर रखे पेपर-वेट को हाथ से नचाते हुए कहा—"अरे यार, कोई तो जाति होगी तुम्हारी, बिना जाति के तो आदमी पैदा ही नहीं होता।"

"शर्मा जी, मेरे पिता ने प्रेम-विवाह किया है, वह खटीक हैं और मेरी माँ पण्डिताइन, अब आप ही बताएँ कि मैं खटीक हूँ या पण्डित!" चेतन ने पी. सी. शर्मा से सीधे-सीधे कहा था।

चेतन की बात सुनकर पी. सी. शर्मा सकपकाकर रह गया। उससे कुछ बोलते नहीं बन रहा था। पल-भर में ही उसके चेहरे पर कई भाव आये और गये। सर्दी के मौसम में भी उसके चेहरे पर पसीने की बूँदें साफ झलक रही थीं। चेतन की बात सुनकर एक बार को मैं भी हैरान होकर रह गया था। एक पल मैंने सोचा कि शायद शर्मा को चिढ़ाने के लिए चेतन ने यह कहानी गढ़ी है। लेकिन उसके द्वारा पूरा विश्वास दिलाने पर कि वह सच कह रहा है, तब मुझे भी उसकी बात पर यकीन हुआ था। अब शर्मा से कुछ बोलते नहीं बन रहा था। गले के अन्दर थूक सटकते हुए वह बड़बड़ाया—

"अरे, क्या कभी ऐसा भी हो सकता है?"

"क्यों नहीं हो सकता, यदि यकीन न हो तो चलो मेरे संग मेरे घर, अपनी माँ से तुम्हें मिलवा देता हूँ।" चेतन की बातें सुनकर शर्मा अवाक् होकर रह गया। उसके ऊपर घड़ों पानी पड़ गया था। वह अब हम चारों से नज़रें नहीं मिला पा रहा था। उसे उस समय कुछ नहीं सूझ रहा था। चुपचाप गर्दन लटकाये दबे पैर मेरे केबिन से वह बाहर निकल गया था।

दो रंग

(1)

पिछले चार-पाँच रोज से चपरासी गंगासरन के व्यवहार में अचानक बदलाव आ गया था। मैं अपने दिमाग़ पर जोर डालता और सोचता कि आखिर इसे हुआ क्या है? पहले वह मेरे बिना कहे मेज साफ करने के बाद थर्मस भरकर पानी भी रख देता था। अब उसी काम को कई-कई बार याद दिलाने के बाद भी मरे मन से करता है। उसके द्वारा मेरे आदेशों की अवहेलना और उसकी बे-अदबी देखकर मैं झुँझला उठता था। अब तो वह मेरे केबिन में बीड़ी के लम्बे-लम्बे सुट्टे लगाता दनदनाता चला आता। आज मैंने उससे पूछ ही लिया–

"गंगा, क्या बात है, तबीयत तो ठीक है तुम्हारी?" मेरी आवाज में तल्खी थी।

"क्यों मेरी तबीयत को क्या हुआ, ठीक हूँ।" कुछ पल ठहरकर वह रूखे अंदाज़ में और मेरी ओर देखे बिना फिर बोला–

"मुझे आपके साथ काम नहीं करना, मेरा तबादला करवा दो।"

"क्यों?" मैंने उससे पूछा था।

"बस कह दिया....मैं आपके साथ ड्यूटी नहीं करना चाहता।" वह मुँह बिचकाता केबिन से बाहर निकल गया।

उसके वहाँ से चले जाने के बाद मैंने स्टेनो शीला सक्सेना से पूछा था–"गंगा हमारे साथ काम नहीं करना चाहता, क्यों?"

मेरी बात सुनकर स्टेनो थोड़ी देर के लिए चुप्पी साध गयी। फिर झिझकते हुए बोली—"सर, मुझसे भी कई बार कह चुका है कि वह यहाँ काम करना नहीं चाहता।"

"पर क्यों?" मैंने फिर पूछा। मेरी जिज्ञासा बढ़ गयी थी।

शीला सक्सेना असमंजस में थी कि क्या कहे? कुछ कहते-कहते अटकी थी वह। मानो शब्द जैसे उसके गले में अटक गये हों। फिर हिम्मत जुटाते हुए बोली—"सर, गंगा आपकी जाति का नाम लेकर बड़बड़ाता रहता है कि वह किसी चूहड़े-चमार की चाकरी क्यों करे...वह तो सरकारी नौकर है और फिर ऊपर से पण्डित।"

(2)

चन्दा आज बहुत खुश थी। उसके पैर ज़मीन पर नहीं पड़ रहे थे। मैं ऑफिस से घर पहुँचा ही था कि मेरे हाथों से ब्रीफकेस लेते हुए चहककर बोली—"पड़ोसन का नौकर रामू अपने गाँव से हमारे लिए भी एक नौकर ले आया।"

दुबला-पतला चेहरा, साँवला-सलोना रंग, उस पर शान्त दृढ़ता का भाव, काली-काली स्वच्छ आँखें, जिनकी दृष्टि में कोमलता थी। एक दस-बारह साल का लड़का घर की डायनिंग-टेबल साफ करता मुझे दिखाई दिया था। चन्दा के कहने पर उसने मुझसे हाथ जोड़कर नमस्ते की थी।

कुछ ही दिनों में वह परिवार के सभी सदस्यों के साथ घुल-मिल गया। वह एक सच्चा और विश्वसनीय बालक था। मैं कई बार सोचता कि आज के जमाने में ऐसा ईमानदार नौकर भला कहाँ मिलता है? बाज़ार से घर का सामान खरीदकर लाता तो पूरा और ठीक-ठीक हिसाब देता। अपने व्यवहार से उसने सभी का मन जीत लिया था। सच, मैं भी उसे प्यार करने लगा था।

एक रोज रात को सोते समय पत्नी ने उससे कहा—"भरतू, चल साहब के पैर दबा दे।"

वह जैसे ही मेरे पास आया तो मैंने उसे ऐसा न करने को कहा और पत्नी की ओर देखते व मुस्कराते हुए कहा—"तुम आ जाओ न, इसी बहाने प्यार के एक-दो बोल भी हो जाएँगे।"

चंदा मेरी बात सुनकर मुस्कुरा दी और अपने कमरे में चली गयी।

ऐसे ही कुछ दिन बीत गये। आज भरतू बदला-बदला नज़र आ रहा था। सुबह चाय का प्याला भी उसने मेरे सामने ठसक के साथ रखा था। मैंने उसकी ओर देखा। उसका शान्त भाव वाला चेहरा तमतमाया हुआ था और आँखें कठोरता लिये थीं। मैंने उससे पूछा–"क्या बात है भरतू, तुम ठीक तो हो?" उसने मेरी बात को अनसुनी करते हुए मुझसे ही प्रतिप्रश्न कर डाला–"यह पण्डत का घर है न।" उसके शब्दों में आक्रोश था।

"हाँ, क्यों क्या बात है?" मैंने सहज-भाव से कहा था।

मेरी बात सुनकर वह चुप्पी साधकर रह गया। कुछ पल तक वह मुझे लाल-लाल आँखों से घूरता रहा। उस दस-बारह साल के बालक का वह रूप देखकर मैं पसोपेश में पड़ गया था। उसी वक्त मैंने चन्दा से कहा–"इस बच्चे के साथ कोई 'प्राब्लम' है।"

चन्दा को भी भरतू का व्यवहार अटपटा लगा था। लेकिन वह विशेष ध्यान न देते हुए अपने दूसरे काम में लग गयी। उस दिन भरतू अपना काम निबटाकर अपने पिता के घर चला गया और चार-पाँच दिनों तक काम पर नहीं आया। उसे लेकर मैं और चन्दा चिन्तित थे। दरअसल हम दोनों को ही उससे लगाव हो गया था।

एक रोज उसका पिता उसे साथ लेकर हमारे घर आया। पिता ने हम दोनों पति-पत्नी के सामने हाथ जोड़ते हुए प्रार्थना के स्वर में कहा–"साहब लोगो, इसकी बातों का बुरा मत मानना, अभी बच्चा है।"

मैं कुछ कहूँ कि तभी भरतू बोला–"नहीं, मैं नहीं करूँगा किसी पण्डित के घर काम।"

बात करते-करते भरतू की आँखों से मोटे-मोटे आँसू ढलक आये थे। भरतू के पिता ने उसके मुँह पर थप्पड़ जड़ते हुए कहा–"नालायक, मुँह बन्द रख अपना।"

भरतू की बात सुनकर अब अवाक् रहने की बारी चन्दा की थी। कुछ पल ठहरकर भरतू का पिता रिरियाते हुए बोला–"साहब, हमारे गाम के पण्डित बद्रीविशाल ने मेरे परिवार पर बहुत जुल्म किये हैं, सारे-सारे दिन उसने अपने यहाँ खूब बेगारी करवायी...मेहनत के बदले में मजूरी माँगने पर लात और घूँसे ही मिले, भरतू को भी

उसने कई बार बे-रहमी से पीटा है...साहब तभी से इसके मन में नफ़रत बैठ गयी है।"

अपने पिता के साथ मेरे घर की सीढ़ियाँ उतरते हुए भरतू अब भी बिना किसी डर के बड़बड़ा रहा था। मैं घर का दरवाजा बन्द करते हुए इतना ही सुन सका—

"......स्याला पण्डिता।"

एक भद्दा मजाक

"विनय, साढ़े तीन वर्ष पहले जब़ तुमसे दिल्ली में मिलना हुआ तो लगा था जैसे मुझे कोई सपने में मिला हो।" एडवोकेट भावना ने कार चलाते होठों पर मन्द-मन्द मुस्कान बिखेरते हुए कहा था।

"सच वकील साहिबा, मुझे भी ऐसा ही लगा था।" विनय ने भी सहज भाव से कहा।

भावना ने गाड़ी का रुख संगम-तट की ओर कर दिया था। विनय उससे बार-बार कहता रहा कि उसे संगम-तट नहीं देखना। वह पहले भी वहाँ दो बार आ चुका है। वह लगातार कहे जा रहा था कि भावना उसे इलाहाबाद की किसी अच्छी मार्केट में लेकर चले। वह उपहार में कुछ खरीदकर उसे भेंट करना चाहता है। लेकिन भावना उसके अनुरोध को टाले जा रही थी। इलाहाबाद पहुँचने से कई रोज पहले विनय ने फोन पर उससे कहा था कि 'वेलेनटाइन-डे' के अवसर पर वह उसकी ओर से अपनी पसन्द का उपहार खरीद ले। लेकिन उस समय उसने यह कहकर टाल दिया कि विनय, आप एक-दो रोज बाद आ ही रहे हो तभी खरीद लेंगे।

कार आनन्द-भवन को पीछे छोड़ती हुई भारद्वाज आश्रम की ओर बढ़ी जा रही थी कि तभी भावना मोटी-मोटी आँखें मटकाते हुए बोली—"कैसी ड्राइविंग है मेरी विनय, ठीक चलाती हूँ ना गाड़ी।"

"हाँ, बहुत बढ़िया...एकदम स्मूथ!" विनय ने खिड़की का शीशा नीचे करते हुए कहा था। वह सोचकर हैरान था कि भावना उसकी बात पर ध्यान क्यों नहीं दे रही?

उसने जोर देकर फिर कहा–"मैं दिल्ली से तुमसे मिलने आया हूँ...उपहार खरीदकर देना चाहता हूँ।"

"क्यों?"

"मैं तुमसे प्रेम करता हूँ और क्यों?" विनय ने सीधे-सीधे कहा था।

विनय की बात सुनकर भावना मौन साधकर रह गयी थी। अल्लापुर पहुँचकर गाड़ी को एक पेड़ की छाँव में खड़ी करते हुए भावना ने एक घर की ओर हाथ का संकेत करते हुए कहा–"यह कवि सूर्यकान्त त्रिपाठी निराला का घर है।"

"हाँ, यहाँ मैं पहले भी दो बार आ चुका हूँ।" विनय ने भावना से कहा।

आज से साढ़े तीन साल पहले दिल्ली की एक साहित्यिक-गोष्ठी में भावना से विनय की प्रथम भेंट हुई थी। पहली ही नज़र में दिल दे बैठा था विनय। कुछ भी तो नहीं जानता था वह उसके विषय में। उसकी पत्नी को भी उससे अलग हुए पाँच वर्षों से अधिक का समय हो गया था। एडवोकेट भावना अपने काम से जब भी दिल्ली आती तो विनय से जरूर मिलकर जाती। उनके एक-दो बार के मिलने-मिलाने के बाद वे दोनों एक-दूसरे के जीवन के बारे में जान गये थे। भावना ने एक रोज गम्भीर होते हुए विनय को बताया था कि वह परित्यक्ता है और अपने नौ वर्ष के बेटे के साथ इलाहाबाद में अपने माता-पिता के साथ गुज़र बसर कर रही है। भावना के विषय में जानकर विनय के मन में सोये पड़े विचार फिर से अँकुराने लगे थे। भावना अक्सर उसे फोन करती और वे दोनों एक-दूसरे से फोन पर लम्बी-लम्बी बातें करते। विनय ने उसका संकेत पाकर एक रोज अपने मन की बात उसके सामने रख ही दी–

"वकील साहिबा, आपसे बातें करके मुझे अच्छा लगता है, आपकी सूरत और मधुर-वाणी ने मेरे हृदय में जगह बना ली है, आप मुझे बहुत अच्छी लगती हैं, मैं पहली ही नज़र में तुम्हें दिल दे बैठा हूँ।"

"थैंक्यू विनय, किसी ने तो मुझे पसन्द किया...पहली नज़र का प्यार बहुत मीठा और अच्छा होता है।" भावना ने फोन पर प्रेम प्रकट करते हुए कहा था।

अब विनय एडवोकेट भावना को लेकर भविष्य के सपने देखने लगा था। उन दोनों की उम्र में भी कोई विशेष अन्तर नहीं था। विनय पद-प्रतिष्ठा के मामले में भी उससे कम न था। सरकारी बंगला व कार आदि के साथ-साथ सभी सुविधायें थीं उसके पास। एक ही बेटा है उसके पास, वह भी गुड़गाँव में एक मल्टीनेशनल कम्पनी

में कम्प्यूटर-इंजीनियर है। अगले साल दिसम्बर माह में उसका विवाह करने का पूरा इरादा है। उसके बाद, उसके बाद फिर क्या? एडवोकेट भावना के साथ एक अच्छे मित्र की तरह शेष बचे जीवन को आराम से गुजारेगा और उसके साथ मिलकर उसके बच्चे की शिक्षा-दीक्षा पर ध्यान देगा! बस, इन्हीं खयालों में रहकर विनय अपने दिन व्यतीत करने में लगा था। भावना से मित्रता होने पर विनय अपने पुराने दुःख और दर्द भूलता जा रहा था।

इसी दौरान एक बार भावना गम्भीर रूप से बीमार पड़ गयी थी। उस समय उसने भाव-विभोर होकर विनय से फोन पर कहा था—''विनय जी, मुझे कुछ हो जाए तो मेरे बेटे का ध्यान रखना...मेरे सिवाय इसका कोई नहीं है, अभी छोटा ही तो है।''

''भावना, तुम बहुत जल्दी निराश हो जाती हो, तुम्हें कुछ नहीं होगा...तुम्हारे वरुण की शादी के समय में तुम्हारे साथ हाथों में हाथ डाल डांस करूँगा।'' विनय की इस बात पर भावना ठहाका लगाकर हँसी थी।

इन साढ़े तीन वर्षों में विनय और भावना थोड़ी-थोड़ी देर के लिए पाँच-छह बार ही मिले थे। दो बार वह विनय के बेटे से मिलने उसके घर भी आयी थी। हाँ, फोन पर वे दोनों अक्सर बतियाते थे। विनय के युवा बेटे को भी इस बात का भान हो गया था। लेकिन उसे यह जानकर तनिक भी बुरा नहीं लगा था। वह तो यह जानकर खुश था कि उसके पिता भावना से मित्रता करके खुश रहने लगे हैं। विनय का बेटा भी भावना के सामने शिष्टाचार के साथ पेश आता था। सच, अपनी अच्छी आदतों से विनय के युवा बेटे ने भावना का मन जीत लिया था। भावना भी जब उससे मिलती तो दिल से उसे स्नेह दिखाती। उसके बेटे वरुण से विनय का बेटा छोटे भाई की तरह प्यार दिखाता था। इस दौरान एडवोकेट भावना के बारे में दिल्ली में कई लोगों से विनय को कुछ नयी जानकारियाँ मिलीं जिसे जानकर उसे पीड़ा पहुँची थी।

एक बार भावना दिल्ली आयी हुई थी। उसे छोड़ने विनय नयी दिल्ली के रेलवे स्टेशन पर साथ गया था कि उस रोज एडवोकेट एस. के. जैन ने विनय को भावना के साथ देख लिया था। कुछ दिनों बाद एक पार्टी में एडवोकेट जैन से विनय की भेंट हुई। जैन ने मिलते ही विनय से पूछा था—''विनय, उस दिन तुम्हारे साथ रेलवे स्टेशन पर उस क्रिश्चियन महिला एडवोकेट को देखा था, वह तुम्हें कहाँ से मिल गयी?''

एस. के. जैन ने अपनी स्मृति पर जोर डालते और कुछ याद करते हुए फिर कहा—"हाँ यार, उसका नाम मैरी थॉमस है।"

"क्यों क्या हुआ, वह मेरी मित्र है, उसका नाम मैरी थॉमस नहीं भावना है, मेरे अपने दलित-समाज की वकील महिला है।" विनय ने एडवोकेट जैन से कहा था।

"नहीं यार, वह दलित नहीं है, ईसाई है...मैं उसे अच्छी तरह से जानता हूँ।" एस. के. जैन ने विनय के कन्धे पर हाथ रखते हुए कहा था।

"हाँ जैन साहब, हम दलितों में से बहुत से लोग ईसाई या बौद्ध बन गये हैं, हैं तो वे हमारे दलित-समाज के ही लोग।" विनय ने जैन से कहा।

खैर, पार्टी में एडवोकेट जैन ने दो घूँट ज्यादा लगा ली थी। वह भावना के विषय में लगातार अनर्गल बोले जा रहा था। अब वह विनय के समीप आकर सिगरेट का धुआँ मुँह से उगलते हुए बड़बड़ाया—

"दिल्ली में रहते हुए उसका चक्कर कई वर्षों तक प्रदीप कौशिक एडवोकेट से चलता रहा है...जब बात खुली तो उसके इंजीनियर पति ने उसे छोड़ दिया।"

जैन की बातें सुनकर विनय का माथा फटने को हो गया था। उसने उसे डपटंते हुए इतना ही कहा—"यह सब मुझे बताने की क्या जरूरत हैं?"

"मैं तो तुम्हें अलर्ट कर रहा हूँ।" कहता हुआ एडवोकेट जैन विनय के पास से हट गया था।

विनय कई दिनों तक यही सोचता रहा कि भावना ने यह सब उसे बताया क्यों नहीं? आखिर छिपाया क्यों? विनय को अब वह संदिग्ध-सी लगने लगी थी। सच, दिल्ली में रहते हुए भावना ने अपनी जान-पहचान वालों से अपने ईसाई होने की ही बात कही थी और नाम भी मैरी थॉमस बताया था। विनय अपना माथा पीटते हुए सोच रहा था कि यह अकेली भावना की ही समस्या नहीं है। आज से दस-पन्द्रह वर्ष पहले सभी पढ़े-लिखे दलित समाज के लोग अपनी जाति छिपाकर रहने में अपनी शान समझते थे। उनमें इतना आत्म-सम्मान न था कि वे सच्चाई का सामना कर सकें। आज भी बहुत से पढ़े-लिखे दलित अपनी जाति छिपाने से बाज नहीं आते। जाने-अनजाने में वे आज भी दूसरों का धर्म ढोने में अपनी शान समझते हैं।

इलाहाबाद में अपने माता-पिता के साथ रहने से पहले भावना (उस समय की मैरी थॉमस) दिल्ली के तीस हजारी कोर्ट में प्रैक्टिस करती थी। अपना चैम्बर था

उसका। दिल्ली में प्रदीप कौशिक नाम के एक वकील से कई वर्षों तक प्रेमालाप चला था उसका। इस बात को दिल्ली के वकीलों के अलावा कई साहित्यकार भी भली-भाँति जानते थे।

विनय इस बात को लेकर भावना से चर्चा करना चाहता था और एक रोज उसने फोन पर उससे कह ही दिया—"भावना, दिल्ली में तुम्हें कई लोग जानते हैं, कभी चर्चा नहीं की?"

विनय की बात सुनकर वह कुछ पल के लिए चुप्पी साधकर रह गयी थी। फिर अपने को सहज करती हुई बोली—"हाँ, मैं एडवोकेट आर. के. शर्मा, प्रदीप कौशिक, एस. के. जैन आदि को जानती हूँ।"

यह सब बताते हुए वह चिढ़ गयी थी। उसके बात करने के ढंग से लगा था कि विनय ने ऐसा पूछकर गलती कर दी हो। और हाँ, वह वाकई विनय की इस बात से नाराज हो गयी थी। अब उसने विनय को फोन करना भी बन्द कर दिया था। इस दौरान बीच-बीच में विनय ही उसे फोन करता रहा। आखिर, गलती विनय की ही थी। उसे उससे यह सब कहना ही नहीं चाहिए था। कई दिनों तक विनय के मन में उथल-पुथल मचती रही। वह रह-रहकर सोचता कि उसे भावना के बीते कल से क्या लेना-देना? वह उससे प्रेम करता है तो करता है। कभी सोचता कि हो सकता है कि भावना के साथ भी अन्य दलित महिलाओं की तरह से हादसा हुआ हो। पण्डित प्रदीप कौशिक जी ने उसके साथ प्यार का झूठा खेल खेला हो और बाद में उसे ठेंगा दिखा दिया हो! विनय के मन में इस तरह के खयाल कई दिनों तक आते-जाते रहे। अन्त में विनय ने यही सोचा कि उसे भावना का मन नहीं दुःखाना चाहिए था। एक रोज विनय ने उससे कहा था—"भावना, मैं शेष जीवन तुम्हारे साथ विवाह करके, तुम्हारे बेटे की सारी जिम्मेदारियाँ लेने को तैयार हूँ, क्या तुम मेरे साथ...।"

"नहीं, इट्स नॉट पॉसिबल फार मी।"

भावना ने अपनी बात आगे बढ़ाते हुए फिर कहा—"इस तरह की बातें फोन पर नहीं होतीं, कभी मिलेंगे तो चर्चा करेंगे।"

इसके बाद से विनय और भावना के बीच कई महीनों तक बात न हो सकी। विनय फोन करता तो देर तक घण्टी बजती रहती या भावना फोन उठाती तो 'हैलो-हैलो' कहकर रख देती। इसी दौरान विनय को पता चला कि वह कई बार दिल्ली आयी, लेकिन उससे मिली नहीं। विनय समझ चुका था कि वह अब उससे सम्पर्क नहीं रखना चाहती। शायद, उसे यह जानकर भय सताने लगा था कि विनय उसके जीवन की वह सच्चाई जान गया है जिसे उसने उसे बताना उचित नहीं

समझा। विनय उसे कैसे समझाये कि वह उसे प्रेम करता है और उसे भावना के बीते कल से कुछ लेना-देना नहीं है। वह उसके शहर इलाहाबाद भी उससे मिलने गया। वह भावना से मिलकर स्पष्ट करना चाहता था कि उसके बीते कल को लेकर उसके मन में जरा भी दुविधा नहीं है। वह उसे किसी भी कीमत पर खोना नहीं चाहता। लेकिन विनय को इस दौरान बात कहने का अवसर हाथ नहीं लगा। इलाहाबाद पहुँचने पर विनय ने उसे फोन किया। भावना के बात करने के ढंग से साफ लग रहा था कि वह विनय से मिलना नहीं चाहती। विनय भी निराश होकर चला आया था। अब वह धीरे-धीरे इस प्रसंग को भूलने की कोशिश कर रहा था कि एक दिन भावना का फोन आया। उसके फोन आने पर विनय को हैरानी के साथ-साथ खुशी भी हुई थी। भावना ने उससे कहा था—

"विनय, क्या तुम मुझसे नाराज हो?"

"नहीं।" विनय ने संक्षिप्त उत्तर दिया था।

"तो फिर, इतने दिनों से फोन क्यों नहीं किया?"

"अरे वकील साहिबा, तुम तो मेरी अच्छी मित्रों में से हो, भला—मैं क्यों नाराज होने लगा?" विनय ने हँसते हुए कहा था।

उस दिन उन दोनों में फिर लम्बी बात-चीत हुई थी। भावना बहुत खुश नज़र आ रही थी। विनय को भी पहले की तरह ही उससे बातें करना अच्छा लग रहा था। ऐसा लगा कि वह पुरानी बातें भूल गयी है।

विनय ने उससे फिर कहा था—"भावना, मैं तुम्हें खोना नहीं चाहता।" विनय की बात सुनकर वह हँस पड़ी थी। वह चिड़िया की तरह चहकते हुए बोली—"अच्छा ठीक है, मुझे भी आप जैसा मित्र पाकर खुशी हुई है।"

अब भावना अपने सुख-दुःख व परिवार की बातें विनय से बाँटने लगी थी। यदि विनय व्यस्त हो जाता और फोन किये कई-कई दिन हो जाते तो वह खुद ही फोन करके हाल-चाल व विनय की सेहत के बारे में पूछती रहती। एक बार अपनत्व भरे शब्दों में उसने विनय से कहा—"विनय, अपने आपको अकेला मत समझना, मैं तुम्हारे साथ हूँ, किसी भी तरह की परेशानी हो तो सूचित करना।" इसी तरह के शब्दों का प्रयोग करके विनय ने भी उसे सम्बल दिया था।

विनय इन्हीं सब पुरानी यादों में खोया हुआ था कि पीछे से लगातार हॉर्न के बजने की आवाज ने उसकी विचार-शृंखला तोड़ दी। दरअसल सूमो वाले को आगे निकलने के लिए जगह चाहिए थी। लेक़िन कमला नेहरू अस्पताल के सामने रास्ता इतना तंग था कि जल्दी से साइड नहीं दी जा सकती थी। सूमो का ड्राइवर बार-बार

सॉयरन बजाये जा रहा था। खैर, भावना ने कार की गति को धीमे करते हुए उसे आगे बढ़ने के लिए जगह दी। सूमो के अन्दर बैठे लोग विनय और भावना को घूरते हुए आगे बढ़ गये थे। उनकी इस हरक़त पर भावना बड़बड़ा उठी थी–

"वाह! क्या बात है, मजिस्ट्रेट साहब की गाड़ी है तो किसी को कुछ समझ ही नहीं रहे।" अपनी बात में उसने आगे जोड़ा–"विनय, अब इलाहाबाद का माहौल भी दिन-प्रतिदिन बदलता जा रहा है, बिहार के अराजक तत्त्वों ने इस ओर बढ़ना शुरू कर दिया है।"

विनय चुप्पी साधे बैठा था और उससे नाराज होने का दिखावा भी कर रहा था कि वह उसे बाज़ार न ले जाकर संगम-तट की ओर ले आयी है। विनय उसे बाँहों में भरकर आलिंगन करने की सोच ही रहा था कि उसकी यह बात सुनकर उसे बुरा लगा। पढ़े-लिखे और समझदार लोग भी बिहार के बारे में ऐसा क्यों सोचते हैं? क्या बिहार में ही अराजकतत्त्व हैं? अराजकता तो पूरे देश में पसरी पड़ी है। विनय यह सब सोच ही रहा था कि भावना बोली–

"गाड़ी रोकूँ, बाँध व किला देखना है?"

विनय उसके बात करने के ढंग और हाव-भाव से समझ गया था कि वह औपचारिकता भर निभा रही है। उसकी समझ में नहीं आ रहा था कि आखिर वह ऐसा क्यों कर रही है?

"नहीं, मुझे नहीं घूमना, मेरी तबीयत ठीक नहीं है...रात को होटल में ठीक से सो नहीं सका हूँ।" विनय ने कहा था। बातों ही बातों में भावना ने गाड़ी सीधे सिविल लाइन्स की ओर मोड़ दी और 'सिद्धार्थ रेस्टोरेण्ट' के सम्मुख ले जाकर रोक दी। विनय और भावना खाने की मेज पर आमने-सामने बैठ गये थे। विनय ने अपनी बात फिर दोहरायी–

"वकील साहिबा, कहाँ ले आयी हो मुझे, मार्किट चलो ना।"

"पर क्यों?" इस बार भावना के सुर में लम्बी तान थी।

"फिर वही क्यों, मैं तुमसे प्रेम करता हूँ और क्यों?" विनय ने अपने मन की बात उसके सम्मुख रखते हुए कहा था।

विनय यह सोचकर हैरान था कि फोन पर बातें करते हुए भावना हथेली पर दिल निकालकर बातें करती है। ऐसा लगता था कि मानो ढेरों मन प्यार उसने विनय के लिए सँजोकर रखा हो और मिलने पर वह सारा उसके ऊपर उँड़ेल देगी। लेकिन आज मिलने पर वह उखड़ी-उखड़ी बातें कर रही थी। विनय बार-बार मना करता रहा कि

उसकी तबीयत ठीक नहीं है। उसे कुछ नहीं खाना, लेकिन वह नहीं मानी और खाने का आर्डर करते हुए अपनी कलाई घड़ी की ओर देखते हुए बोली–

"मुझे ढाई बजे एक केस के सिलसिले में कोर्ट पहुँचना है।" विनय उसकी बात सुनकर हतप्रभ होकर रह गया था। दो तो बजने ही वाले थे। वह उसे लंच कराने के लिए इतनी दूर लेकर आयी है। वह खाने का नहीं उसके साथ का भूखा था। वह तो उसके साथ बातें करके सारा दिन बिताना चाहता था, लेकिन भावना जाने की बातें कर रही थी। अब विनय उदास हो गया था। खाने की मेज पर कोई विशेष चर्चा न हो सकी। विनय उससे खुलकर चर्चा करना चाहता था और उसे विश्वास दिलाना चाहता था कि वह उसके भूतकाल को लेकर किसी हाल में उसे खोना नहीं चाहता और उसके साथ विवाह-बन्धन में बँधकर शेष जीवन व्यतीत करना चाहता है। भावना की ओर से जो बातें हो रही थीं, उनमें बनावटीपन साफ झलक रहा था। आज उसके चेहरे के हाव-भाव में वह सहजता नहीं थी जो पहले मिलने पर दिखाई पड़ी थी। भावना के बात करने के ढंग से होशियारी साफ झलक रही थी और बनावटीपन की रेखायें उसके चेहरे पर उभर आयी थीं। भावना के चेहरे पर आते-जाते भावों को देखकर विनय को उस समय कवि घनानन्द की पंक्तियां याद हो आयी थीं–

'अति सूधो सनेह को मारग है,
जामें नेकु सयानप बाँक नहीं,
जहाँ साँचे चलें तजि आपन पौं,
झिझके कपटी जे निसाँक नहीं।
तुम कौन धौं पाटी पढ़े हो कहो,
मन लेहु पे देहु छटाँक नहीं ॥'

विनय जल्दी ही समझ गया था कि सहज कुछ भी नहीं है। एडवोकेट भावना के साथ कोई न कोई समस्या जरूर है। उसके हाव-भाव से अब पूरी तरह से स्पष्ट हो गया था कि वह विनय में और उसकी बातों में तनिक भी दिलचस्पी नहीं ले रही, सो विनय भी चुप होकर रह गया था।

वापसी में रास्ते में कार चलाते हुए एडवोकेट भावना ने निःशब्दता को तोड़ते हुए कहा था–"विनय सालभर पहले आपने मेरे साथ विवाह का प्रपोजल रखा था।"

"हाँ, यदि ऐसा हो जाए तो इसमें बुराई क्या है, मैं तुम्हें चाहता हूँ।" विनय ने स्पष्ट शब्दों में उससे कहा था।

उसकी बात सुनकर भावना तुरन्त बोली—"विनय तुम्हें बताने के लिए उचित अवसर हाथ नहीं लगा था मुझे, मैं पिछले चार वर्षों से किसी और व्यक्ति से प्रेम कर रही हूँ, हम दोनों पति-पत्नी की तरह ही रह रहे है, हाँ, एक छत के नीचे नहीं रह पा रहे, वह मुझे बहुत प्यार करता है, मैं उसे नहीं छोड़ सकती।" भावना अपनी बात एक रौ में कह गयी थी।

कुछ पल ठहरकर वह फिर गला खँखारते हुए बोली—"मुझे किसी पुरुष के साथ रहना ही होगा तो मैं उसी के साथ रहना पसन्द करूँगी, वरना ऐसे ही जीवन काट दूँगी, मैंने अपने जीवन में दो व्यक्तियों को ही प्यार किया है—एक शिरडी के साँई बाबा और दूसरा वह व्यक्ति है जिसके साथ मैं अपना शेष जीवन व्यतीत करना चाहती हूँ।"

भावना की ये सब बातें सुनकर विनय पीड़ा से कराह उठा था। यदि ऐसा था तो वह उसे साढ़े-तीन वर्षों से मूर्ख बनाने में क्यों लगी रही? यह बात वह पहले भी तो पत्र द्वारा या टेलीफोन पर कह सकती थी। विनय मन-ही-मन सोच रहा था कि भावना को उसके जज़्बातों से खेलकर आखिर मिला क्या? पल भर में ही उसे खयाल आया कि कहीं दिल्ली के प्रदीप कौशिक का बदला तो भावना ने नहीं ले डाला उससे!

अब भावना ने बिना उसकी ओर देखे कार ड्राइव करते हुए फिर अपना मुँह खोला—"विनय, यह सब सुनकर तुम्हें बुरा तो लगा होगा?"

वह क्या कहे, चुप्पी साध कर रह गया था विनय। अपना दुःख छिपाते और उसका मन रखते हुए वह बोला था—"अच्छा लगा है, तुमने मुझे अधिक दिनों तक उलझाये नहीं रखा।"

विनय को कार से ड्रॉप करने से पहले भावना ने उसकी ओर देखे बिना नाक से ढलक आयी ऐनक को ऊपर चढ़ाते हुए फिर कहा—"हाँ विनय, अब तुम भी कोई अपने जैसी महिला ढूँढ़ कर घर बसा लो।"

उसकी यह बात विनय के सीने में शूल की तरह गढ़ कर रह गयी थी। वह यूनिवर्सिटी रोड पर उतर गया था और भावना की कार उसके मुँह पर धुआँ छोड़ते हुए आगे बढ़ गयी थी। वह थोड़ी देर तक सड़क के किनारे खड़ा-खड़ा सोचता रहा

कि कहीं एडवोकेट भावना को कोई गैर-दलित आई.ए.एस., जज या आई.पी.एस. अधिकारी तो नहीं टकरा गया? या फिर वह विवाह के बन्धन में बंधकर उसके साथ रहना नहीं चाहती, इसलिए वह उससे पल्ला छुड़ाना चाहती है। फिर ध्यान आया कि वह फिर से किसी गैर-दलित बहुरुपिये के फरेब में तो नहीं आ गयी? यही सब सोचते हुए विनय अपने होटल तक आ पहुँचा था।

झूठ के दो चेहरे

एक

गाँव की ही बात है। उन दिनों मेरी उम्र रही होगी दस-ग्यारह वर्ष। अम्मा और बापू के साथ घर के आँगन में बैठा था। सामने से सुक्को भंगिन एक हाथ में झाड़ू और बगल में टोकरा दबाये चली आ रही थी। उसे देखते ही सहसा मेरे मुँह से निकल पड़ा, "ठिहा साफ करने सुक्को भंगिन आ गयी।"

मैं अपनी बात पूरी कह पाता कि इतने में बापू ने एक झन्नाटेदार थप्पड़ मेरे गाल पर जड़ दिया। मैं सँभल पाता कि तभी अम्मा ने भी पास ही रखी अरहर की संटी मेरे पैरों पर जड़ते हुए तेज़ स्वर में कहा, "तोय बोलवे की तमीज नायँ, गाँव की बड़ी-बूढ़ी कूँ सुक्को भंगिन कहकर पुकारे है।"

"मोते भी उम्र में कितनी बड़ी है, मैं खुद भाभी कहकर आवाज लगाऊँ और तू, अरे यह तेरी ताई है ताई।" बापू ने ताई शब्द पर ज़ोर देते हुए और मेरा कान ऐंठते हुए कहा था। सुक्को को जब सारी बात पता चली तो रिरियाते हुए इतना ही बोली, "कुंरजी, कोई बात नायं, छोटे ठाकुर अभई बालक हैं।"

इस घटना को लेकर मेरे बाल-मन में कई दिनों तक उथल-पुथल मची रही। मैं रह-रहकर सोचता—यदि सुक्को गाँव में किसी की ताई, चाची या किसी की भाभी है तो फिर उसके बेटे मुक्खा को गाँव की पाठशाला में दूसरे बच्चों से अलग क्यों बैठाते हैं? मेरे बापू और अम्मा मुझे मुक्खा के संग खेलने क्यों नहीं देते? एक ओर सुक्को मेरी ताई लगे तो फिर दूसरी ओर यह छुआछूत क्यों?"

बड़ी बहन रूपा के विवाह के अवसर पर भी अनोखी घटना घटी थी। सुक्को हमारे यहाँ आये बारातियों की जूठन सँकलने में लगी हुई थी। उसका बेटा मुखराम

(मुक्खा) हाथ में डंडा थामे कुत्तों को दुरदुराने में लगा हुआ था। जब सुक्को ताई जूठन उठाकर जाने लगी तो उसने मेरे बापू से अलग से अपने बच्चों के लिए कुछ खाने की माँग करते हुए अपना आँचल फैला दिया। बापू ने उसे अलग से खाना देने की बजाय लाल-लाल आँखें दिखाते एवं जाति का ओछापन याद दिलाते हुए फटकार लगायी—"टोकरा-भर लिये जा रही है, अलग से और माँगे है, भरे टोकरा कूँ का घूरे पे फेंक देगी?"

उस दिन का वह दृश्य आज भी मेरी नज़रों के सामने चल-चित्र की तरह घूम रहा था। सुक्को डाँट-फटकार खाकर सकपकाकर रह गयी और रुआँसा मुँह लेकर दबे पाँव सिर पर टोकरा उठाये अपने घर चली गयी थी।

आज बीस वर्ष बाद गाँव में ताई के बेटे मुक्खा से मेरी भेंट हुई। उसी से ज्ञात हुआ कि पिछले वर्ष उसकी माँ इस दुनिया से विदा ले चुकी है। मुक्खा उस दिन अपने बहनोई के साथ हमारे घर के सामने से निकलकर जा रहा था। मेरे बुजुर्ग माता-पिता उस दिन भी घर के आँगन में चारपाई पर बैठे बतिया रहे थे। मैंने मुखराम और उसके बहनोई को घर के आँगन में आ जाने को कहा। वे दोनों अन्दर आने में सकुचा रहे थे। मैंने मुखराम के जीजा का हाथ पकड़ते हुए कहा था, "आओ जीजाजी, अन्दर आ जाओ।"

मुक्खा के बहनोई को मेरे द्वारा जीजा कहकर पुकारना बहुत बुरा लगा था मेरे माँ-बाप को। वह लगातार मुझे गुस्से से घूरे जा रहे थे। दोनों का ही चेहरा तमतमा उठा था। उनके चेहरे पर आते-जाते भाव देखते ही बन रहे थे। कुछ देर ठहरकर मुक्खा और उसका जीजा हमारे घर से चले गये। उनके जाते ही बाबू और अम्मा ने एक स्वर में मुझे फटकार लगाते हुए कहा, "बलवान सिंह, तेरी क्या बुद्धि भ्रष्ट हो गयी है? भंगी के जीजा कूँ अपनौ जीजा कह रहौ है, मति मारी गयी है तेरी? गाम के कुछ कायदे-कानून होवे हैं अरे नासपीटे, तूने सब ताक पर धर दीने।"

मैं उन दोनों की बातें सुनकर मन्द-मन्द मुस्कुरा रहा था। अब बीस साल बाद सच्ची और असली बात मेरी समझ में आ गयी थी। सफेद झूठ बोला था मुझसे उस समय मेरे बापू और अम्मा ने। सुक्को मेरी असली तो क्या दूर के रिश्ते में भी ताई नहीं थी। वह मेरी नकली ताई थी। अपना घर और लम्बा-चौड़ा दगड़ा साफ करवाते बापू चापलूसी करते हुए उससे कहते थे, "ओ भाभी, देख, इधर भी थोड़ा झाड़ू का हाथ लगा दियो और हाँ, तभैंक-सा इस ओर भी भाभी...गाय और भैंस के खूँटों के पास से जरा दबा के हाथ मारियो।"

इसी तरह मेरी अम्मा भी समय-समय पर सुक्को को मसका लगाती हुई कहती थी, "बीबी, जितनौ अच्छौ काम तुम करो, उतनौ अच्छौ तुम्हारे घर को कोई भी ना

करे। सच बीबी, तुम्हारे हाथों में तो बिजली जैसी तेजी है।'' अम्मा की चिकनी-चुपड़ी बातें सुनकर अपनी शक्ति से और अधिक कार्य करने में जुट जाती थी बेचारी भोली सुक्को—मेरी नकली ताई।

दो

''स्त्री और दलित में कोई अन्तर नहीं है, दोनों ही समाज द्वारा सताये प्राणी हैं...स्त्री की हालत तो समाज में और भी ख़राब है, उसे दोहरे अभिशाप में जीना पड़ता है, वह तो दलितों में भी दलित है।'' नारी जागरण मंच की प्रमुख कार्यकर्ता प्रो. (श्रीमती) इन्दु बंसल लगातार अपनी बातें कहे जा रही थीं। भीड़ उनकी बातें सुनकर तालियाँ पीटने में लगी हुई थी। उनसे पहले दिल्ली विश्वविद्यालय के डॉ. एम. के. अग्रवाल़ ने गम्भीर होते हुए कहा था, ''ऐसी क्या बात है कि दलितों में जितने भी महापुरुष हुए हैं, उन्हें सवर्ण-समाज के लोग विशेषकर ब्राह्मण अपना मानने लगते हैं, वे कहते नहीं थकते कि ये महापुरुष दलितों के घर पैदा हुए हैं तो क्या हुआ। वे पण्डित हैं, पढ़े-लिखे लोगों को पण्डित न कहा जाए तो और क्या कहा जाए, डॉ. अम्बेडकरजी को ही लें, उन्होंने जन्म चाहे दलित समाज में लिया हो, लेकिन उनके कर्म पण्डितों जैसे थे।''

डॉ. एम. के. अग्रवाल ने अपनी बात आगे बढ़ाते हुए कहा था, ''देश के ब्राह्मण सन्त कबीर के बारे में भी ऐसी ही बातें करते हैं, वे बड़े ज़ोर-शोर से कहते फिरते हैं कि कबीर कुँवारी ब्राह्मणी के गर्भ से उत्पन्न हुए थे।'' उन्होंने ब्राह्मणवाद पर निशाना साधते हुए फिर कहा, ''क्या कारण है कि ब्राह्मण इस तरह की बेतुकी बातें करते हैं, क्या दलित समाज की महिलाएँ महापुरुष या ज्ञानी पुरुष पैदा नहीं कर सकतीं...ऐसा लगता है कि उस युग में ब्राह्मणों की औरतें नाजायज़ औलादें पैदा करने में एक्सपर्ट रही हैं।''

डॉ. एम. के. अग्रवाल की व्यंग्य भरी बातें सुनकर पण्डाल में बैठे सभी लोग ठहाका लगाकर हँसे थे। लेकिन 'नारी जागरण मंच' की प्रमुख कार्यकर्ता प्रो. (श्रीमती) इन्दु बंसल की भवें तन गयी थीं। उन्होंने बीच में टोकते हुए तेज स्वर में कहा था, ''यह सरासर नारी जाति का अपमान है, नारी किसी भी वर्ग की हो, सब बराबर हैं।''

उधर डॉ. अग्रवाल भी अपनी बात पर अड़े हुए थे कि उन्होंने जो कहा है ठीक कहा है। वह तो प्रो. (श्रीमती) बंसल से इस विषय पर खुली चर्चा करना चाहते थे। दोनों ओर से लगभग तलवारें खिंच चुकी थीं। ख़ैर, कार्यक्रम की अध्यक्षता कर रहे प्रो. रामगोपाल जी के हस्तक्षेप करने पर मामला सुलटा था।

कार्यक्रम के बाद प्रो. इन्दु बंसल के साथ मुझे उनके घर पर जाना था। नारी-विमर्श से सम्बन्धित कुछ पुस्तकें मुझे उनसे कलेक्ट करनी थीं। मैं कार में आगे वाली सीट पर बैठा हुआ था। कार चलाते हुए वह गुस्से में अब भी बड़बड़ाये जा रही थीं, "बड़ा आया डॉ. अग्रवाल का बच्चा महिलाओं को बुरा-भला कहने वाला, स्त्री-विरोधी कहीं का....अरे, नारी तो नारी है...चाहे वह किसी वर्ग की हो।"

"अब प्रोफेसर साहब, मिट्टी डालिए इस बात पर, शान्त हो जाइए, गुस्सा थूक दीजिए अपना।" मैंने अनुरोध के स्वर में कहा था।

हम दोनों बातें करते-करते उनके घर के समीप आ गये थे। उनके घर के सामने कॉलोनी के लोगों की भीड़ लगी हुई थी। घर से थोड़ी दूर हटकर पुलिस-जीप भी खड़ी हुई थी। श्रीमती बंसल का एक ही बेटा है और वह भी चंडीगढ़ यूनिवर्सिटी से वहाँ रहकर एम. बी. ए. कर रहा है। यहाँ दिल्ली की पश्चिमपुरी कॉलोनी के इस मकान में श्रीमती बंसल पति के साथ रहती हैं।

घर के द्वार पर जमा भीड़ को देखकर श्रीमती बंसल का माथा ठनका। उन्होंने एक बार फिर गौर से देखा। भीड़ उनके घर के सामने ही जमा थी। कार से उतरकर बगल में चमड़े का बैग लटकाये वह सीधे अपने घर की ओर बढ़ी जा रही थीं। मैं भी उनके पीछे-पीछे चल रहा था। नज़दीक पहुँचने पर पहले तो कुछ समझ नहीं आया। घर की नौकरानी चम्पा पुलिस वालों के सामने लगातार रोये जा रही थी। प्रो. इन्दुजी को देखकर वह और सिसकी भर-भरकर रोने लगी। उसने आँगन में कुर्सी पर बैठे बंसल साहब की ओर देखते और अपने फटे ब्लाउज और चोली को ओढ़नी से ढकते हुए कहा था, "साब लोगो, मैं रोज़ की तरह रसोई में बर्तन साफ कर रही थी कि इन्होंने मुझे...जब मैंने मना किया तो इसने मेरी यह हालत...साब, इसने मुझे लात और घूंसों से मारा भी है।" कहते-कहते चम्पा फिर फफक-फफककर रो पड़ी।

श्रीमती इन्दु बंसल को अब बात समझने में तनिक भी देर न लगी। मैं भी वहाँ खड़ा-खड़ा सब देख रहा था और सोच रहा था कि नारी जागरण मंच की प्रमुख कार्यकर्त्ता प्रोफेसर साहब अवश्य ही ग़रीब व दलित नारी का पक्ष लेंगी और अपने पति को उचित दण्ड दिलवाकर रहेंगी। उन्होंने एक पल के लिए पहले अपने पति की ओर देखा, फिर मन्द-मन्द मुस्कुरायीं। तुरन्त ही पलटकर नागिन की तरह फुँफकारते हुए अपनी नौकरानी चम्पा से बोलीं, "अरी नीच जात तू बड़ी हूर की परी है जो मेरा पढ़ा-लिखा पति तुझ जैसी औरत से मुँह काला करेगा, झूठा आरोप लगाते शर्म नहीं आती तुझे....ख़ैर चाहती है तो चुपचाप...चली जा यहाँ से, तुझे पता नहीं कि मैं नारी

जागरण मंच की कितनी बड़ी नेता हूँ।'' कहती हुई वह अपने पति की बगल में जाकर खड़ी हो गयी थीं।

पुलिस वालों को भी उन्होंने फर्राटेदार अंग्रेजी में डाँट पिलायी थी। दोनों पुलिस वाले 'यस मैडम, नो मैडम' कहते हुए वहाँ से मुँह लटकाये चले गये। उसके बाद चम्पा भी आँचल से आँसू पोंछते हुए अपने घर चली गयी। थोड़ी देर की चुप्पी के बाद अपने पति के कन्धे पर स्नेह का हाथ रखते हुए श्रीमती बंसल ने मुझसे कल आकर पुस्तकें ले जाने को कहा था।

बाबूजी फिर कब आऊँ

पिछले दस-ग्यारह वर्षों से ऑफिस के हम पाँच-छह मित्र नये वर्ष के दिन यानी एक जनवरी की शाम को बैठकर साथ-साथ खाते-पीते हैं। इस वर्ष मित्र संजीव मल्होत्रा के घर पहाड़गंज पर ही बैठने का कार्यक्रम बना था। सभी साथी समय रहते वहाँ एकत्र हो गये थे। मैं ही समय पर नहीं पहुँच सका। कारण, मुझे ठण्ड लग गयी थी। जुकाम और बुखार ने जकड़ लिया था। मैं दवाई खा कर रजाई में मुँह ढककर लेट गया। लेकिन मित्रों के बार-बार फोन आ रहे थे। उनके लगातार अनुरोध करने पर मैं वहाँ गया था।

मित्र-मण्डली वहाँ पहले से ही डटी हुई थी। संजीव के अलावा बी. एस. शर्मा, अनिल शर्मा, विजय गोयल, एस. एस. भाटिया व अशोक साधवानी सभी के सभी 'फ्लैश' (तीन पत्तों का खेल) खेलने में लगे हुए थे। बीच में रखी टेबल पर नोटों की ढेरी लगी हुई थी। साथ-साथ ये सभी अंगूर की बेटी के घूँट गले के नीचे उतारने में लगे हुए थे।

"सौ की चाल।" बी. एस. शर्मा ने अपने पत्ते देखते हुए पहली चाल चली थी। अनिल शर्मा, विजय गोयल व अशोक साधवानी ने भी अपने-अपने पत्ते देखकर चालें चलीं।

"ले यार शर्मा, सौ का कॉउण्टर।" संजीव ने अपने ताश के पत्तों को हाथ लगाये बिना कॉउण्टर चल दिया। दूसरे सभी मित्र जिनमें एस. एस. भाटिया, अशोक साधवानी व विजय गोयल एक-एक करके अपने-अपने पत्ते फेंक चुके थे। खेल के मैदान में रह गये थे अब संजीव और बी. एस. शर्मा। शर्मा ने तीन सौ रुपयों की चाल चल दी थी।

संजीव ने अपने पत्ते उठाये। उन्हें कई बार एक-दूसरे से रगड़ा और फिर एक-एक करके तीनों पत्ते देखे। "ले शर्मा, एक तीन सौ की चाल मेरी भी।"

"बेटा, रगड़ दूँगा, सोच-समझकर खेलना, बहुत बड़े पत्ते हैं मेरे पास।" तीन सौ रुपयों की एक चाल और चलते हुए शर्मा ने संजीव को सावधान करते हुए कहा था।

"अच्छा, ऐसी बात है तो यह ले एक चाल छह सौ की।" संजीव ने डबल चाल चलते हुए कहा था।

अब बी. एस. शर्मा को अगली चाल चलते हुए मुश्किल हो रही थी। वह कभी अपने पत्तों को देखता तो कभी टेबल पर लगी नोटों की ढेरी की ओर। कुछ पल सोचकर उसने मुझे अपने पत्ते दिखाते हुए कहा–

"देख, छोड़ दूँ या शो मांगू?"

"पागल है क्या, इतने अच्छे पत्तों पर चाल बनती है, चाल चल पण्डत।" मैंने कहा था।

"अबे, यहाँ गेम चल रहा है, मुन्नी बाई का मुजरा नहीं हो रहा...चलना है तो चाल चल या शो माँग, वरना ताश की गड्डी वह रही।" संजीव ने बी. एस. शर्मा के एक्शन पर एतराज़ करते हुए कहा था। बी. एस. शर्मा ने मेरी बात नहीं मानी और उसने रुपयों की ढेरी में छह सौ रुपये डालते हुए संजीव से शो माँग ली। उस समय मुझे बहुत गुस्सा आया था। तीन सत्ते लिये बैठा है और शो माँग रहा है। लेकिन शर्मा ने ठीक ही किया कि शो माँग ली। दूसरी ओर संजीव मल्होत्रा के पास तीन गुलाम थे। ऐसा कम ही होता है कि 'ब्लाइण्ड' के पत्तों में दोनों ओर 'ट्रेल' फँस जाए।

उस एक गेम में ही संजीव को चार हज़ार रुपयों से भी अधिक की रकम मिली थी। नोटों की ढेरी को समेटते और मुँह से सिगरेट का धुआँ छोड़ते हुए वह मेरी ओर देखते हुए बोला–"तूने इतनी देर कर दी आने में...तेरे आने से अब 'कोरम' पूरा हुआ है, कुछ देर पहले ही कार्यक्रम शुरू किया है...और हम सभी ने पहला-पहला 'पेग' खत्म किया है।"

मैंने उन सभी को बताया कि मैं आ तो गया हूँ, लेकिन अधिक देर तक बैठ न सकूँगा। तबीयत ठीक नहीं है। मेरी बात सुनकर संजीव बोला–"क्यों, क्या हुआ, तेरी आँखें तो बिना पीये ही चढ़ी हुई हैं।"

"तेज जुकाम है, नाक और आँखों से पानी बह रहा है...गला भी खराब है।" मैंने कहा था।

"यार, रम के तीन-चार पटियाला पेग लगा, सुबह तक जुकाम और बुखार गायब हो जाएगा।" बी. एस. शर्मा ने कहा था।

बी. एस. शर्मा की बात सुनकर संजीव मन्द-मन्द मुस्काता बोला–"दीपक,

फिर भी जुकाम ठीक न हो तो किसी भंगिन के साथ...तेरी कसम जुकाम और बुखार पल-भर में ठीक हो जाएगा।'' उसने अपनी बात को आगे बढ़ाते हुए फिर कहा–

''हाँ यार, जब तू वह काम करने के बाद अपने आपको अपवित्र समझे तो गाय के पेशाब के छींटे देकर अपने को शुद्ध कर लेना।''

संजीव की बातें सुनकर सभी मित्र ठहाका लगाकर हँसे थे। लेकिन मैं विचलित हो उठा था। मेरे मुँह से इतना ही निकला–''अच्छा।''

''हाँ, हमारे शास्त्रों में यह सब लिखा है।'' उसने यह बात ऐसे कही थी जैसे उसने शास्त्र पढ़े हों।

मैं उससे कुछ कहूँ कि मेरे चेहरे पर आते-जाते भावों को पढ़ते हुए बोला–''दीपक, मैंने यह बात सहजभाव से कह दी, लगता है तू बुरा मान गया, सॉरी यार...हँसी-ठट्ठे में कह दिया।''

उसने मुझे कन्धे से पकड़ते हुए फिर कहा–''दीपक, यकीन मान यार, मैंने अपनी ओर से कुछ नहीं कहा, बचपन से अपने घर के बड़े-बूढ़ों से ही इस तरह की बातें सुनता आ रहा हूँ।''

दूसरे मित्रों के पूछने पर संजीव ने इस पहलू पर विस्तार से बताना शुरू किया–

''पिता अपने मित्रों व साथियों के बीच में बैठकर अक्सर चर्चा करते थे कि यदि किसी को सूजाक की बीमारी हो जाए तो उसे चार पैरों के बड़े जानवरों के साथ संभोग...इससे पीड़ित व्यक्ति इस रोग से छुटकारा पा जाता है।''

उसने अपनी बात आगे जारी रखी–''पिता कहा करते थे कि यदि किसी को काली खाँसी हो जाए तो उसे गाय का पेशाब पिलाना चाहिए, इससे खाँसी जल्दी ठीक हो जाती है।''

कुछ पलों की चुप्पी के बाद वह फिर प्रमाण देते हुए बोला–''अरे पिछले वर्ष हम सब ऑफिस की ओर से 'एक्सकर्सन-ट्रिप' पर खजुराहो गये थे, वहाँ मन्दिरों की दीवारों पर बने भित्ति-चित्रों को क्या देखा न था, विभिन्न जानवरों के साथ रति-क्रिया में लिप्त स्त्री-पुरुषों को कितनी बारीकी से दिखाया गया है।''

संजीव की इस तरह की बातें सुनकर सभी मित्र चटखारे ले-लेकर हा-हा, हू-हू कर रहे थे । लेकिन मेरे होठों से हँसी कोसों दूर थी। मैं अपने आपको सहज करने का प्रयास कर रहा था, लेकिन हो नहीं पा रहा था। बी. एस. शर्मा ने भी संजीव की बातों का समर्थन करते हुए बताया कि उसने भी अपने घर के बुजुर्गों से इस तरह की बातें सुनी हैं। उसने बताया कि उसे आज भी अच्छी तरह से याद है कि बचपन में

उसे खाँसी हो जाने पर उसकी दादी ने गाय का पेशाब पिलाया था। अब संजीव ने सवर्णों द्वारा बनायी पुरानी एक कहावत का ज़िक्र करते हुए और मेरी ओर देखते हुए कहा–"दीपक, तूने यह कहावत तो सुनी होगी कि बकरी का दूध और चमारी...टाँगें उठाओ और जब चाहो।"

सभी मित्र उसकी इस बेहूदा बात को सुनकर फिर ठहाका लगाकर हँसे थे। इस बार मेरे होठों पर भी हँसी तैर गयी थी। लेकिन मेरी यह हँसी संजीव की बात सुनकर नहीं आयी थी, हँसी आयी थी मुझे उसके पुरखों की बुद्धि पर। ऐसा नहीं है कि इन गैर-दलितों ने दलित महिलाओं को लेकर ही गन्दी-गन्दी कहावतें गढ़ी हों। ये तो अपनी भी बहन-बेटियों का अपमान करने से नहीं चूकते। ये अपनी झूठी वाह-वाही में बिना सोचे-समझे आज तक दलित समाज के महापुरुषों को कुँवारी ब्राह्मणियों से उत्पन्न होना बताते आये हैं। सन्त कबीर का उदाहरण हम सभी के सम्मुख है। इनकी इस तरह की बेहूदा बातें सुनकर ऐसा लगता है कि उस युग में नाजायज़ सन्तानें पैदा करने में कुँवारी ब्राह्मणियाँ 'एक्सपर्ट' रही हों। मेरे मन में उस समय तरह-तरह के विचार आ-जा रहे थे। कितनी हैरानी की बात है कि एक ओर जानवरों की पूजा करना और दूसरी ओर सूजाक की बीमारी हो जाने पर उनके साथ संभोग करना।

विजय गोयल ने मेरा बाजू पकड़ते हुए अपने पास बैठा लिया था। अनिल शर्मा ने अब मेरे पत्ते भी बाँट दिये। उनके बीच में बैठने को मेरा मन नहीं कर रहा था। वे सभी मेरा ध्यान संजीव की बातों से हटाने में लगे हुए थे, और मिलकर खाने-पीने व 'इन्जाय' करने की बातें करने को कह रहे थे। संजीव ने भी अपनी कही बातों पर माफी माँग ली थी। खैर, थोड़ी देर में ही बात आयी-गयी हो गयी। कुछ देर तक सभी मित्रों के बीच चुप्पी छायी रही।

निःशब्दता को तोड़ते हुए अब सभी को हँसाने के लिए संजीव ने आपबीती सुनायी। उसने बताया कि आज से सालभर पहले उसकी गली में एक बीस-बाईस वर्ष की युवती कचरे से प्लास्टिक की पन्नियाँ, बोतलें व अन्य चीजें बीनने आती थी। वह रंग-रूप में सुन्दर थी। उसका तन गोरा और अंग-अंग गठा हुआ था। नीली और बड़ी-बड़ी आँखें थीं उसकी। वह संजीव के घर के सामने से रोज सुबह-सुबह कचरे में से प्लास्टिक की चीजें बीनती हुई निकलती थी। वह उसे रोज आते-जाते देखता था। संजीव ने अपनी बात आगे बढ़ाते हुए बताया कि उसे वह युवती अच्छी लगने लगी थी और उसका उस पर जी आ गया था।

एक रोज संजीव के परिवार के सभी सदस्य रिश्तेदारी में गए हुये थे। घर में रह गया था अकेला संजीव। उसने उस दिन उस कचरे बीनने वाली को हाथ के संकेत

से अपने पास बुलाया और उससे कहा कि कन्धे पर लटके कचरे से भरे बैग को वह घर के बाहर दरवाजे से दूर रखकर अन्दर चली आये। उसने ऐसा ही किया। वह जब समीप आकर खड़ी हुई तो उसके तन से बदबू का भभका आ रहा था। साफ पता चल रहा था कि वह कई दिनों से नहाई नहीं है। संजीव ने बताया कि उसने उस युवती से साबुन से तीन-चार बार रगड़-रगड़कर नहाने को कहा।

गुसलखाने से जब वह नहा-धोकर निकली तो खूब सुन्दर दिखने लगी और उसका रंग-रूप और भी निखर आया था। संजीव के कहे अनुसार उसने तनिक भी विरोध नहीं किया।

दिन इसी तरह से निकलते रहे। वह कई बार आयी और संजीव ने उसका मनचाहा उपयोग किया। "तुम बहुत मजेदार हो।" संजीव ने एक दिन कहा था उससे। वह मुस्कुरा नहीं पायी थी। उसके मुँह से इतना ही निकला—

"बाबूजी, मेरा आदमी भी यही कहता था।" उसके चेहरे पर यादों के बादलों की छाया थी। उसने संजीव को बताया कि उसका पति लकवा-ग्रस्त है। उसके उपचार पर बहुत खर्चा हो गया है। अब उसके पास इलाज के लिए पैसा नहीं है। एक चार साल और दूसरी सात साल की दो बेटियाँ हैं उसके पास। पति, अपना और दोनों बेटियों का पेट पालना उसके लिए दूभर हो रहा है।

"बाबूजी, फटे-पुराने कपड़े हों तो, मैं उन्हें धो-धाकर व सिल-सिलाकर ठीक कर लूँगी।" उसने संजीव से कहा था। लेकिन संजीव ने उसकी इस बात पर ध्यान नहीं दिया। घर से जाते उसे सौ रुपये का नोट थमाते हुए संजीव हमेशा हिदायत देते हुए कहता—"रख ले, किसी से कुछ कहना मत।"

सौ का नोट अपने ब्लाउज के अन्दर रखते हुए एक अदा के साथ वह अपनी बड़ी-बड़ी आँखों की पुतलियाँ घुमाते हुए कहा करती थी—"ठीक है, अच्छा बताओ, बाबूजी फिर कब आऊँ?"

संजीव मल्होत्रा की यह आपबीती सुनकर एक बार फिर सभी ठहाका लगाकर हँसे थे। मैं अब भी हतप्रभ होकर संजीव की ओर देखे जा रहा था। वह मेरी ओर देखते हुए बोला—"दीपक, बंगलादेश की थी वह, तसनीम था उसका नाम।" मैंने कोई जवाब न दिया।

संजीव के बताने के ढंग को देखकर मित्र ठहाके पर ठहाका लगाये जा रहे थे। पार्टी के समाप्त होने के बाद मेरे अलावा सभी एक स्वर में आनन्द लेते हुए बोले थे—"अच्छा बाबूजी, फिर कब आऊँ?"

मंगल पाण्डेय का लोटा

सन् 2007 में 1857 के स्वतंत्रता संग्राम के डेढ़ सौ वर्ष पूरे होने पर

यह कहानी सन् 1857 के स्वतन्त्रता संग्राम के जनक वीर योद्धा मातादीन हेला की है लेकिन न जाने क्यों सच्चाई के सामने आ जाने पर भी इस देश के इतिहासकार व साहित्यकार आज तक मंगल पाण्डेय पर झूठी कहानियाँ गढ़-गढ़कर देश की जनता को गुमराह करते रहे हैं? चाहे जलियांवाला काण्ड का नेतृत्व करने वाला नत्थू धोबी हो, चौरीचौरा काण्ड का नेतृत्व करने वाला रामपति चमार या फिर वीरांगना कोरी झलकारी बाई हो। इस देश के कलमकारों ने हमेशा से दलित समाज के वीरों और वीरांगनाओं के साथ छल ही किया है।

उन दिनों की राजधानी कलकत्ता (आज का कोलकाता) से सोलह किलोमीटर दूर दमदम के निकट अंग्रेज़ी शासन ने फौज के लिए छावनी बनायी थी। वहीं पास ही में अंग्रेज़ी सेना के सिपाहियों के लिए बैरकपुर की फैक्ट्री में बन्दूक के कारतूस बनाये जाते थे। इसी बैरकपुर की फैक्ट्री में मातादीन हेला नाम का एक युवा फौज के स्टोर में गाय और सूअर की चर्बी से भरे कनस्तरों को मज़दूरों से रखवाते हुए ऊँचे स्वर में बोल रहा था–

''इए तपन, इन टिनों-गुनों को पासे सोरिये राख, आइसा जाऊर रास्ता छेरे दे।'' (अरे तपन, इन कनस्तरों को रास्ते से हटाकर साइड में रख, आने-जाने के लिए रास्ता बना रहने दे।)

यह तपन नाम का व्यक्ति 'गंगाधर बनर्जी एण्ड कम्पनी' में मजदूरी करता था। फैक्ट्री के लिए पशुओं की चर्बी की आपूर्ति का ठेका इसी 'गंगाधर बनर्जी एण्ड कम्पनी' को दिया जाता था।

खलासी मातादीन हेला के पुरखे कभी इलाहाबाद एवं उसके आस-पास मिर्जापुर, बनारस, सुल्तानपुर, बरेली, प्रतापगढ़, कानपुर, इटावा, फतेहपुर, बाँदा, चित्रकूट आदि जनपदों से होते हुए अन्य हेला परिवारों की भाँति बंगाल में आकर बस गये थे। मातादीन के पुरखे अंग्रेजों के सम्पर्क में आने से सरकारी नौकरी में रहे थे। लगातार अंग्रेजी-फौज के सम्पर्क में रहने के कारण मातादीन के जीवन पर फौजी रहन-सहन का बचपन से खास असर पड़ा था। सचमुच में वह बड़े ही संयमशील, परम अनुशासित और स्पष्टवादी तथा स्वाभिमानी व्यक्ति थे।

उन दिनों पूरे देश में छुआछूत व ऊँच-नीच का रोग पसरा पड़ा था। देश के दलितों को धन-सम्पत्ति व पक्का मकान बनाकर रहना तो दूर उन्हें अपनी सुरक्षा के लिए हथियार तक रखने की अनुमति नहीं थी। अपनी सुरक्षा कैसे की जाए, इसके लिए दलित समाज के युवा बचपन से ही गदका-बनैती व लट्ठ चलाने की विद्या सीखने के साथ-साथ पहलवानी के दाँव-पेंच सीखने में विशेष रुचि रखते थे।

सवर्ण मानसिकता पाले हिन्दी पहलवान उस्ताद दलित समाज के युवाओं को अपना शागिर्द नहीं बनाते थे। युवा मातादीन के सामने भी यह समस्या आयी थी। उसे भी सवर्ण हिन्दू उस्तादों ने अपना शागिर्द बनाने से साफ मना कर दिया था। मातादीन बार-बार हिन्दू गुरुओं के पास पटेबाजी व पहलवानी सीखने के लिए गये और प्रार्थना के स्वर में शागिर्द बनाने के लिए कहा लेकिन वही ढाक के तीन पात। सभी ने एक स्वर में जाति का ओछापन याद दिलाकर उनका अपमान ही किया। इतना सब-कुछ होने पर भी मातादीन ने धैर्य नहीं खोया और न वह धर्म-भीरुओं की बातों से निराश हुए। वह अपनी धुन में लगे रहे। आखिरकार, उनकी सच्ची लगन और निष्ठा काम आयी। कुछ दिनों के बाद ही मातादीन को इस्लाउद्दीन नाम का गुरु मिल गया। यह इस्लाउद्दीन बंगाली पल्टन नं. 70 में बैण्ड बजाने का काम करते थे। और बिग-ड्रम, साइड ड्रम व बिगुल बजाने में निपुण थे। इसके साथ ही खाली समय में वह अपने अखाड़े में किशोर व युवाओं को पटेबाजी, गदका-बनैती व पहलवानी के दाँव सिखाया करते थे। लगन और कड़ी मेहनत के कारण मातादीन ने गुरु का मन जीत लिया। गुरु ने भी अब अपने प्रिय शिष्य पर विशेष ध्यान देना शुरू कर दिया था।

अब मातादीन बड़ी तेजी से पहलवानी के क्षेत्र में धूम मचाये हुए थे। अंग्रेजी फौज में तो उनकी धाक थी ही, दूर-दूर तक उनके नाम की चर्चा होने लगी। शरीर

सौष्ठव और बलिष्ठ, साथ ही बिजली से भी तेज गति की फुर्ती थी मातादीन में। अखाड़े में बड़े से बड़ा पहलवान उनसे हाथ मिलाते हुए दस बार सोचता था। जब वह लँगोट कसकर कुश्ती के लिए अखाड़े में उतरते तो चट्टान जैसा सीना और खम्ब जैसी जाँघ को देखकर विरोधी पहलवान की पहले से ही कँपकँपी छूट जाती थी।

उधर, दूसरी ओर उन्हीं दिनों बैरकपुर की छावनी में अंग्रेजी-फौज में मंगल पाण्डेय नाम का एक सिपाही भर्ती हुआ था। उसे भी पहलवानी का शौक था और वह भी अपनी बैरक में सुबह-शाम दण्ड-बैठकें लगाया करता था। एक रोज सन्ध्या के समय मंगल पाण्डेय गुरु इस्लाउद्दीन के अखाड़े के सामने से गुज़र रहा था। उस समय मातादीन लँगोट कसे दण्ड-बैठकें लगा रहे थे और पास खड़ा दलपत पहलवान गिनती गिनने में लगा था—

"...चार सौ छियालीस....सैंतालीस, अड़तालीस, चार सौ उनचास और ये चार सौ पचास।"

चार सौ पचास दण्ड लगाने के बाद मातादीन फुर्ती से उठ खड़े हुए और लपक कर अखाड़े के एक कोने में रखा एक-मन का मुगदर उठाकर घुमाने लगे। मंगल पाण्डेय की आँखें फटी की फटी रह गयी थीं। वह भौचक होकर मातादीन को देखे जा रहा था। उसे विश्वास ही नहीं हो पा रहा था कि साढ़े चार सौ दण्ड लगाने के बाद कोई पहलवान खिलौने की तरह से मन-भर का मुगदर हाथों में घुमा भी सकता है। वह सुबह-शाम डेढ़-सौ दण्ड लगाया करता था लेकिन दण्ड लगाने के बाद वह बुरी तरह से पस्त हो जाता था। उस दिन मातादीन को देखकर उसके चेहरे पर कई भाव आये और गये। अब वह वहाँ से अपने घर की ओर चला आया था।

कुछ दिनों के बाद गुरु इस्लाउद्दीन के अखाड़े में कुश्तियों की प्रतियोगिता चल रही थी। कालू पहलवान द्वारा बजाये जा रहे ढोल के डंके की आवाज़ सन्नाटे को चीर रही थी। अखाड़े के चारों ओर दर्शकों की भीड़ जमा थी। ढोल की धमक के साथ इस्लाउद्दीन खलीफा के अखाड़े के पट्ठे दूसरे अखाड़ों के पट्ठों को धूल चटाने में लगे हुए थे। एकत्र भीड़ गुरु इस्लाउद्दीन और उसके पट्ठों की जय-जयकार करने में लगी थी। मंगल पाण्डेय भी भीड़ में खड़ा-खड़ा सब देख रहा था। उसे वहाँ हिन्दू पहलवानों का पिटना अच्छा नहीं लग रहा था। बेचैनी के मारे उसका बुरा हाल था लेकिन वह करता भी तो क्या? वह जोर अजमाना चाहता था लेकिन दूसरी ओर मातादीन ने लगातार चार पहलवानों को पस्त करके अपना दबदबा पहले ही बना लिया था। वह अखाड़े की मिट्टी को अपने सीने पर मलते व खम्ब ठोंकते हुए—'ला-इल्लाहा, इल्ललिलहा मोहम्मद दुर रसुलिल्लाहा' कलमा पढ़ते तो सामने वाले पहलवान के पहले से ही हाथ-पैर फूल जाते। मंगल पाण्डेय को मातादीन का

भय सता रहा था। उसे पता था कि मातादीन से भिड़ना, अपनी दुर्गति करवाना है, सो वह मन मसोसकर और मातादीन की एक ताकतवर मुस्लिम पहलवान की छवि लेकर अपने घर चला आया था।

समय गुजरता जा रहा था। लगभग महीने भर बाद उस दिन फौज की कैंटीन के सामने वाले पार्क में फिर दोबारा से भेंट हुई थी मंगल पाण्डेय की मातादीन से। कुछ देर के बाद मंगल पाण्डेय ने ही पहल करते हुए दोस्ती के लिए हाथ मिलाया था। अब साथ-साथ उठना-बैठना और देश की आजादी के लिए चर्चा करना आम बात थी उन दोनों के लिए। मातादीन की उस दिन की भारी जीत पर खुले मन से मंगल पाण्डेय समय-समय पर प्रशंसा करते नहीं थकता था। उसका एक मुख्य कारण था कि मंगल पाण्डेय अभी तक मातादीन को उसके नाम से मुस्लिम समुदाय का समझे बैठा था। नाम मुसलमान जैसा, फौज में खलासी का पद फिर उनका गुरु भी इस्लाउद्दीन था। गज़ब तो तब हुआ जब एक दिन बातों ही बातों में मातादीन ने मंगल पाण्डेय से अपने और परिवार के बारे में ज़िक्र कर डाला।

असली और सच्ची बात का भेद खुलने पर मंगल पाण्डेय का व्यवहार अब उनके प्रति एकदम से बदल गया। उसे एक मुस्लिम का बलशाली पहलवान होना स्वीकार था लेकिन एक हेला भंगी पहलवान! बस, उसी दिन से मंगल पाण्डेय के सीने पर साँप लोट गया। बहुत भारी ठेस लगी थी और ग्लानि से भर उठा था मंगल पाण्डेय। अब वह रह-रहकर अपना माथा पीटता और सोचता–"एक हेला भंगी से हाथ मिलाकर मित्रता क्यों की?" वह अच्छी तरह से जानता था कि पहलवानी में तो मातादीन को हरा पाना उसके बूते की बात नहीं है। अब क्या किया जाए? वह दिन-रात इसी उधेड़-बुन में रहने लगा कि मातादीन को नीचा कैसे दिखाया जाए।

सीधा-सादा और छल-प्रपंच से कोसों दूर मातादीन मंगल पाण्डेय के मनोभावों को समय रहते भाँप नहीं सके। पाण्डेय उससे पहले की तरह मिलता रहाँ उसने अपने अन्दर पल रहे ज़हर को प्रकट नहीं होने दिया। अब वह अवसर की तलाश में रहने लगा।

उस दिन बहुत गर्मी थी। मातादीन फैक्ट्री से काम करके लौट रहे थे। उमस के कारण दम घुटा जा रहा था और शरीर भी पसीने से सराबोर था। सामने से उन्होंने मंगल पाण्डेय को आते देखा। मंगल पाण्डेय के हाथ में पानी से भरा एक पीतल का लोटा था। वे दोनों एक-दूसरे के समीप आ गये थे। मातादीन ने माथे पर आये पसीने को कन्धे पर पड़े अंगोछे से पोंछते हुए पाण्डेय से पीने के लिए पानी माँगा और लोटा पकड़ने के लिए हाथ बढ़ाया कि तभी पाण्डेय लगभग चीख़ते हुए बोला–

"अरे भंगी मेरा लोटा छूकर अपवित्र करेगा क्या?"

पाण्डेय के मुख से ऐसे शब्द सुनकर मातादीन के पैरों के नीचे से जैसे ज़मीन खिसक गयी। वे कुछ देर तक उसकी ओर अपलक देखते रहे। पलभर में ही पूरी हकीक़त उनके सामने थी। अपने को संयमित करते हुए उन्होंने मंगल पाण्डेय से पूछा—"क्या हुआ तुम्हें, तबीयत तो ठीक है?"

"कुछ नहीं हुआ मुझे और मेरी तबीयत भी ठीक है, अंग्रेज फौज में नौकरी करने के बाद तू अपनी जाति ही भूल गया, अपनी खाल में रहा कर भंगी।"

मंगल पाण्डेय ने माथे पर सलवटें डालते हुए कहा था।

"यार पाण्डेय तुम जब भी मिलते हो तो एकता, देश-प्रेम, समता व समरसता की बातें करते हो।" मातादीन ने मंगल पाण्डेय से कहा।

"मैं एकता व समरसता बैठाने की बातें मुसलमानों व देश की दूसरी कौमों के साथ के लिए करता हूँ, हेला भंगियों के साथ नहीं।" मंगल पाण्डेय ने मुँह बिचकाते हुए कहा था।

मातादीन को मंगल पाण्डेय की बातें सुनकर बुरा तो बहुत लगा लेकिन उसने अपने आपको संयमित रखा। उन्हें पता था कि एक नफ़रत की जगह दूसरी नफ़रत फैलाना भयंकर भूल हो जाएगी। उन्होंने सहज रहते हुए मंगल पाण्डेय से कहा था—

"देश ग़ुलामी की जंजीरों से जकड़ा है और तुम ऊँच-नीच की बातें कर रहे हो!"

अब हैरान होने की बारी मंगल पाण्डेय की थी। उसने सोचा था कि उसकी बातें सुनकर मातादीन आग-बबूला हो जाएगा और अपशब्द बकने लगेगा और फिर उसे मातादीन से उलझने का मौका मिल जाएगा लेकिन पाण्डेय का पासा ही उलट गया। वह अपना मुँह खोले कि तभी मातादीन ने अपनी बात जारी रखते हुए कहा—"पण्डत, तेरी पण्डताई उस समय कहाँ चली जाती है जब तू और दूसरे ब्राह्मण सिपाही गाय और सूअर की चर्बी से बने कारतूसों को मुँह में डालकर उनकी परतें खोलकर बन्दूक में भरते हो।"

मातादीन की बातें सुनकर मंगल पाण्डेय अवसन्न और संज्ञा-शून्य होकर रह गया। काँपते हाथ से उसका वह पीतल का लोटा न जाने कब हाथ से छूटकर ज़मीन पर लुढ़कते हुए औंधे मुँह दूर नाली में जा गिरा।

इस्तीफ़ा

'ट्रिन-ट्रिन, ट्रिन-ट्रिन' फोन की घण्टी की आवाज कमरे में नहीं मेरे दिमाग़ में बजी थी। पिता की मृत्यु से मेरे चारों तरफ अकेलापन था। दो ही दिन में मैं कितना असुरिक्षत व उदास हो गया था। जीने की इच्छा और स्वप्न अब मुझसे जैसे कोसों दूर थे। दो ही दिन पहले मैं और पिता एक पूरा संसार थे। माँ की याद नहीं कि वह कब चल बसी। होश सँभालते ही मैंने जिस चेहरे को जाना और समझा वह चेहरा पिता का था। जब मैं अकेलेपन के अतल में डूब जाता तो मेरे पास आकर मेरे सिर पर हाथ फेरते हुए मेरी हौसला अफ़जाई करते थे।

मेरा मन नहीं हो रहा था कि मैं फोन उठाऊँ, और मैं शायद उठाता भी नहीं यदि यह तीसरी बार न बज रहा होता तो। मैं उठा, पहले घुटनों के बल फिर घुटनों पर हाथ रखकर। फिर सोचा कि अपने आप बन्द हो जाएगा। पर, यह घण्टी लम्बी और लगातार थी। उस उदास कमरे में उस फोन की घण्टी में ही जीवन था। भले ही वीभत्स। "हेलो।" मेरे कण्ठ से एक मरी सी आवाज निकली थी। पर, शायद उस तरफ से बोलने वाले ने मेरी "हेलो" को सुना ही नहीं था।

अपनी चिर-परिचित हड़बड़ाहट में आर. पी. शुक्ला की उधर से आवाज मेरे कानों में आ गिरी थी–

"अरे, के. पी. सिंह, कहाँ हो यार?"

"सर, आप तो जानते हैं कि दो दिन पहले ही मेरे फादर... ।"

"...पर यार, जो हुआ सो हुआ; उसका दुःख मुझे भी है, पर ऐसे कैसे चलेगा, सब भूलकर काम तो करना ही होगा, उन्होंने चोला बदल लिया, गीता में लिखा है न कि न कोई मरता है न कोई मारता है...वह भी कहीं और जगह जन्म ले चुके होंगे,

भले आदमी थे।''

मैं चुपचाप उन्हें सुनता रहा था। मैं जानता था कि इसके बाद वह मुझे कोई जरूर अपना काम बताएँगे। इतनी मिठास उनके व्यवहार में निःस्वार्थ नहीं आ सकती। मैं सतर्क हो गया था। अगले ही पल के आदेश या चालाकी के लिए।

''...पर सर...।'' मैं इतना ही कह पाया था।

''नहीं, नहीं, तुम कुछ मत सोचो, तुम योग्य और समझदार हो, जानते हो आजकल नौकरी मुश्किल से मिलती है, एक आदमी के काम छोड़ने का सौ आदमी इन्तजार करते हैं...मैं जानता हूँ तुम भावुक नहीं हो, एक ब्रेकिंग-न्यूज है इधर...मैं चाहता हूँ कि इसे तुम ही कवर करो।'' वह कुछ पल रुके थे, शायद इस बीच उन्होंने सिगरेट जलाई होगी या कॉफी का घूँट भरा होगा।

''तुम जानते हो के. पी. सिंह कि मैं तुम्हारे अलावा किसी पर विश्वास नहीं करता।'' उनके लहजे में मिठास घुटी थी।

''....पर सर...।'' मैंने हुज्जत की थी।

''नो-नो, तुम अभी निकलो, उस्मानपुर में ढाई हजार साल पुरानी विष्णु भगवान की मूर्ति निकली है....लोगों की बहुत आस्था होती है, तुम तो समझते ही हो, जरा ठीक से कवरेज हो, तुम समझ रहे हो....मैं क्या कह रहा हूँ, ऊपर से आदेश है।''

आर. पी. शुक्ला ने मेरे उत्तर का इन्तजार नहीं किया और फोन रख दिया था। शुक्ला का व्यवहार मेरे लिए नया नहीं था। पिछले पाँच साल की नौकरी में मैं उसकी हरेक बात से वाकिफ़ हो चुका था। मैं जानता था कि नौकरी बड़ी मुश्किल से मिली थी। इसके लिए मुझे जाति छुपानी पड़ी थी। शुक्ला मुझे ठाकुर समझता था। शायद मेरे नाम के पीछे 'सिंह' शब्द के कारण। मैं उस दिन भी बताने की हिम्मत नहीं कर सका था कि मैं ठाकुर नहीं, दलित जाति का सदस्य हूँ। जिस दिन वह दलितों पर हुई मारपीट की खबर की 'हाईलाइट' नहीं करने का हुक्म दे रहा था, मैं फिर पुरानी स्मृतियों में खो गया था।

रोती-सी शक्ल जैसी सड़क। जगह-जगह से टूटी-फूटी। गड्ढों में से हिचकोले खाता और सवारियों से ठसाठस भरा ताँगा खूपुरा क़सबे से मेहंदीपुर की ओर डगमगाता हुआ आगे बढ़ा जा रहा था। गर्मी के मारे सभी का बुरा हाल था। ताँगे में जुता घोड़ा भी हाँफ रहा था और उसके नथुनों से झाग निकल रहा था। लगभग पाँच किलोमीटर का रास्ता ताँगे से तय करने के बाद अब डेढ़ किलोमीटर का रास्ता पैदल तय करना था।

दूर-दूर से आयी भीड़ 'बम-बम भोले' व 'हर-हर महादेव' के नारों के साथ-साथ अब यमुना नदी के किनारे की ओर बढ़ चली। मैं मन में उत्सुकता लिए भीड़ के साथ चल रहा था। कई महीनों से सुनता आ रहा था कि जनपद बुलन्दशहर के मेहंदीपुर

गाँव में यमुना नदी के किनारे शिवलिंग प्रकट हुआ है। देश के कोने-कोने से लोगों ने वहाँ तीर्थ-यात्रा पर आना शुरू कर दिया है। रातों-रात यह स्थान अब हिन्दुओं का एक धार्मिक-स्थल बन गया है। देश के प्रिण्ट मीडिया और इलैक्ट्रोनिक मीडिया ने भी इसका महीनों तक दिन-रात खूब प्रचार-प्रसार किया था। बस, यही सब जानने के लिए कि आखिर माजरा क्या है? मैं वहाँ जा पहुँचा था। रास्ते भर लोग हर-हर महादेव के नारों के साथ-साथ इस स्थान के महत्त्व की चर्चा कर रहे थे। एक त्रिपुण्डधारी भारी-भरकम शरीर का व्यक्ति जिसने जोगिया रंग के कपड़े पहने हुए थे, और उसके एक हाथ में कमण्डल भी था। अचानक भीड़ में से प्रकट हुआ। मैं उसे देखकर अकबकाकर रह गया था। मैं सोच में पड़ गया कि इतनी दूर से मैं भीड़ के साथ-साथ आ रहा हूँ, तब तो यह नज़र नहीं आया। अब यह एकदम से कहाँ से टपक पड़ा?

उस त्रिपुण्डधारी ने आगे बढ़कर भीड़ को रोककर ऊँचे स्वर में पहले 'हर-हर महादेव' और फिर 'जय शिव शंकर' का उद्घोष किया। फिर भीड़ को सम्बोधित करते हुए बोला–

"भक्तजनो, यहाँ यमुना नदी के किनारे साक्षात् शिव प्रकट हुए हैं, मन्दिर की गीली मिट्टी को अपने शरीर पर लेप लगाकर और फिर यमुना में स्नान करने के बाद शिवलिंग की पूजा-अर्चना करने पर मन-वांछित फल की प्राप्ति होती है...हर-हर महादेव, जय शिव शंकर...।" पूरा वातावरण नारों से गूँज उठा था।

मैं लपककर उस व्यक्ति की ओर बढ़ा, लेकिन भीड़ इतनी अधिक थी कि मैं उसके समीप न पहुँच सका और देखते-ही-देखते वह व्यक्ति मेरी आँखों से ओझल हो गया। बहुत ढूँढ़ने पर भी मैं उसे खोज न सका।

वहाँ भीड़ तो थी ही। सुबह से ही लोग आ-आकर उस पत्थर पर दूध और जल चढ़ा रहे थे। चार-पाँच पुजारी माथे पर लम्बा तिलक लगाये मन्त्रोच्चार करने में लगे थे। चढ़ावे के रूप में रुपयों और सिक्कों का ढेर लगा था। उस पत्थर पर दूध और जल चढ़ाने के लिए लोग आपस में धक्का-मुक्की कर रहे थे। पानी और दूध चढ़ाने के कारण पत्थर के चारों और फिसलन हो गयी थी। भीड़ का धक्का लगने के कारण एक बार तो मैं कीचड़ में गिरते-गिरते बचा। अपने को बचाते मैं किसी तरह से भीड़ से बाहर निकला था। थोड़ी देर साँस लेने के लिए मैं एक ओर को खड़ा हो गया और वहाँ का दृश्य देख ही रहा था कि तभी मेरी नज़र उसी व्यक्ति पर पड़ी जो माथे पर त्रिपुण्ड लगाये और जोगिया वस्त्र पहने भीड़ को शिवलिंग प्रकट व यमुना नदी में नहाने के महत्त्व की बातें बता रहा था। अब वह सफेद कुर्ता-पाजामा पहने मन्दिर के द्वार के बाहर खड़ा था। मैंने उसे एक बार फिर ध्यान से देखा। सचमुच, यह वही

व्यक्ति था। मैं हैरान था कि इसने इतनी शीघ्रता से रूप कैसे बदल लिया। मैं उससे मिलकर बातें करना चाहता था, लेकिन भीड़ बहुत थी। उसके पास तक पहुँचना कठिन था। अब मैं वहाँ से वापसी के लिए चल पड़ा।

वापसी में कुछ दूर रास्ते में मुझे एक साठ-पैंसठ वर्ष की उम्र का व्यक्ति खड़ा दिखाई दिया। मैं उसके नजदीक पहुँचा ही था कि तभी वह मन्द-मन्द मुस्काता हुआ बोला–

''बाबूजी, का तुम भी वा (उस) भीड़ में सू आ रहे हो?''

''हाँ।'' मैंने स्वीकृति में सिर हिलाया था।

''कपड़ा-लत्ताओं से तो पढ़े-लिखे से दीखौ।'' वह मेरी ओर देखते हुए बोला था।

अब मैं उसकी बात सुनकर ठिठका और उससे पूछा–''क्या इसी गाँव के हो?''

''हूँ तो याही (इसी) गाम कौ।'' उसने अपने कुरते की जेब से बीड़ी का बण्डल और माचिस निकालते हुए कहा था।

''नाम क्या है तुम्हारा?'' मैंने पूछा।

''सियामचंद, यह खादर मेहंदीपुर मेरौ ही गाम है, सारी उम्र यहीं रहके बिताई है।'' सियामचंद ने बीड़ी सुलगाते हुए कहा था।

''....फिर तो आप शिवलिंग के प्रकट होने की बात भी जानते होंगे?'' मैंने सीधे-सीधे उससे पूछा था।

''अजी काहे कौ और केसौ शिवलिंग, हम तो कई वर्ष पहले तक याके ऊपर अपनी खुरपी और छुरी रगड़कर तेज करे है, बाबूजी यह जगह हमारे गाम के मुसलमानों के मरों की कब्रों के पत्थर हैं, इसी पत्थर पर हमारे मोहल्ले के अपनी खुरपी घास छीलने से पहले और छुरियाँ मरे जानवरों की खाल उतारने से पहले घिस-घिसकर तेज करे है, यह तनक दूसरी कब्रों के पत्थरों से बड़ौ और ऊँचौ है, सो हम जापे (इसके ऊपर) ही अपने औजार ज्यादा देर तक रगड़े है, जाई सू यह पत्थर चमकीलौ और चिकनौ है गयौ है और जाकी बनावट सुघड़-सी हो गयी है।'' सियामचंद अपनी बात एक रौ में कह गया था।

''तो क्या यह पत्थर अपने आप प्रकट नहीं हुआ?'' मैंने आश्चर्य प्रकट करते हुए उससे पूछा था।

''....मेरी ना मानों तो भाईपुर गाम के लोगन तें (लोगों से) पूछ लेओ, मोते बड़े और मोते कुछ वर्ष छोटे तुम्हें ठीक सू बता दिंगे, और भी विश्वास न हो तो फिर मोहम्मदपुर के चूहड़ों से पूछ लेओ...सच जानों बाबूजी, हम सभी याही पत्थर पर मरे

जानवर की खाल उतारने से पहले अपनी छुरियाँ पैनी करे है।''

''तुम्हें ऐसा कहते डर नहीं लगता, सभी तो शिवलिंग प्रकट होने की बातें कर रहे हैं।'' मैंने उससे कहा था।

''अरे काहे कूँ, कैसी बात करो, बचपन सू ही देखतौ आ रहूँ मैं जा पत्थर कूँ, ये मुसलमानों के पुराने मरघट हैं।'' सियामचंद ने विस्तार से बताते हुए अपनी बात जारी रखी—

''यापे धार अच्छी निकले ही...अब हिन्दुअन ने याहे अपनौ देवता बना लीनौ।'' सियामचंद ने बीड़ी का लम्बा कस खींचा और धुएँ को मुँह से उगलते हुए फिर बोला—

''साब, इन हिन्दुअन की मत पूछौ, बड़े दिनन (दिनों) से मुसलमानों के मरघट की धत्ती पे इनकी आँखें लगी थीं, जगह कूँ कैसे हड़पो जाए...सो पहले तो इन्होंने नदी के किनारे पैंठ लगानौ शुरू कर दियौ, फिर धीरे-धीरे मेले-दशहरे पे अखाड़े-बाजी शुरू कर दीनी, जब काही तरह सू बात न बनी तो याह पत्थर कूँ शिवलिंग होने की बात घोषित करके पूरो कब्रिस्तान हड़प ही लियौ, सच कहूँ साब, इस साज़िश में आस-पास के गाँवों के बनिया-बामन सभी मिले हुए हैं।'' मेहंदीपुर गाँव का सियामचंद एक साँस में अपनी बात कह गया था।

''....और वह व्यक्ति जो भीड़ को सम्बोधित करते हुए शिवलिंग व इस स्थान के महत्त्व की बातें बता रहा था, कौन है वह....क्या आप उसे जानते-पहचानते हैं?'' मैंने उस व्यक्ति के बारे में जिज्ञासा प्रकट करते हुए सियामचंद से पूछा था।

''अरे वो, वो मेरौ सारो (गाली) भाईपुर गाम को धरमा गडरिया है, वाकू याही काम करने के बनिया-बामन दस रुपिया रोज के दे देवें, वाकी काहे, वह तो है ही पक्कौ बहुरुपिया।'' सियामचंद ने सारी सच्चाई बताते हुए कहा था।

मैं अतीत से वर्तमान में लौट आया था। सिर में हलका-हलका दर्द महसूस कर रहा था। अनमना-सा बैठा रहा, फिर उठा और 'स्टडी-टेबल' पर आ बैठा। मेरे दिमाग़ में सिर्फ एक विचार था—नौकरी से इस्तीफ़ा।

■■■

परिशिष्ट

नया सौन्दर्यबोध और नया आस्वाद

सूरजपाल चौहान की कहानी 'बदबू' दलित समाज की नयी पीढ़ी के कशमकश या आत्मसंघर्ष की कहानी है। दलित उत्कर्ष ने दलित समाज के सामने नयी समस्यायें, चुनौतियाँ रख दी हैं। ये समस्यायें विकासशील, नये युग में प्रवेश करते हुए दलित समाज की स्वागत-योग्य विधेयात्मक स्थितियों की उपज हैं। वे दलित समाज की प्रगति का लक्षण और प्रमाण हैं। एक कदम आगे बढ़ने से कुछ ज़मीन छूट जाती है और कुछ मिट्टी और धूल तो खिसक जाती ही है। सूरजपाल चौहान ने इस द्वन्द्व का ज़मीनी और आँखों देखा चित्र अपनी कहानियों में खींचा है। सूरजपाल चौहान की कई कहानियों की विशेषता यह है कि कहानियों की रूप-विधा में लिखी गयी रचना रिपोर्ताज का प्रभाव छोड़ती है। इस रिपोर्ताज प्रभाव को सूरजपाल चौहान की कहानियों की मैं बहुत बड़ी शक्ति मानता हूँ। रिपोर्ताज जैसा प्रभाव पैदा करने की शक्ति हिन्दी में सिर्फ परसाई की कहानियों में है या निराला की 'देवी' जैसी कहानी में।

'बदबू' कहानी की घटना भी नये उभरते दलित लड़की और उसकी सास की मानसिकताओं के द्वन्द्व पर आधारित है। बहू पढ़ी है। वह मैला कमाने नहीं जाना चाहती। सास उसे उस काम में ढकेलकर लगाती है। नयी शिक्षिता बहू को मैला और जूठन से उबकाई आती है, सास को वह पारम्परिक और आमदनी का ज़रिया लगता है। नयी बहू के लिए मैला कमाने जूठन खाने वाली परम्परा असह्य है, सास को स्वीकार। यह कहानी दलित और सवर्ण के द्वन्द्व की नहीं दलित और दलित के ऐतिहासिक द्वन्द्व यानी उस द्वन्द्व की जिसे इतिहास ने घटित किया है। अधिकांश दलित लेखक अपना जौहर सवर्ण समाज के प्रति घृणा का चित्रण करने में ही दिखाते हैं। सूरजपाल चौहान की कहानियाँ अलग हटकर हैं।

सूरजपाल चौहान दलित-उत्कर्ष से उत्पन्न एक और समस्या का चित्र खींचते हैं। अगर आप दलित समस्या का अध्ययन किताबों को पढ़कर ही करते हैं तो उधर ध्यान नहीं जायेगा। मैला कमाना गलत काम है, लेकिन बेरोज़गारी से अच्छा है। दलित भी सामान्यतः सफाई का काम नहीं छोड़ना चाहते, बल्कि उसे पाने की कोशिश करते हैं। अन्ततः वर्ण जाकर अपनी समस्या का समाधान वर्ग में ढूँढ़ता है—बेरोज़गारी की समस्या में। यही हाल बाल-श्रमिकों का है। बाल-श्रमिक अमानवीय प्रथा है। प्रथा नहीं जरूरत है, लेकिन बाल-श्रमिक अपने परिवार की आर्थिक सहायता करते हैं। केवल योजना बनाने वाले समस्याओं के मूल में जा ही नहीं सकते। इसलिए सूरजपाल चौहान की कहानियों में उभारा गया द्वन्द्व केवल मानसिक, काल्पनिक या भावनात्मक नहीं वह वास्तविक है। 'बदबू' कहानी के अन्त में शिक्षिता बहू मैला कमाने जाती है, उसकी पोशाक पर विष्ठा का छींटा पड़ता है। उसे उबकाई आती है। मैला है और उस मैले की छींट यानी अहसास उस लड़की को है। यह अहसास बोध ही कहानी की उपलब्धि है। 'बदबू' कहानी का अहसास ही हमारी ऐतिहासिक-सामाजिक चेतना का प्रमाण है। समय बदलता है, चरित्र बदलते हैं लेकित विसंगतियों की प्रवृत्ति जल्दी नहीं समाप्त होती। बड़ी रचनाएँ इसी अर्थ में कालजयी होती हैं।

दलित साहित्य हिन्दी साहित्य का विशिष्ट, इस समय सबसे महत्त्वपूर्ण घटक है। दलित जीवन पर सवर्ण लेखक भी लिखते आये हैं, दलित लेखकों से शायद पहले से (यह बात विवादास्पद हो सकती है और इसकी सफाई की जा सकती है) दलित जीवन विविधतापूर्ण और बहुआयामी है, उसके अन्तर्विरोध हैं। इस समय दलित साहित्य में सवर्ण-शोषण का वो रूप सबसे ज़्यादा दिखलाई पड़ता है उसका कारण प्रबुद्ध दलित-चेतना से लैस लेखकों का उस दीर्घकालीन चोट और अपमान को भूल न पाना है। दलित लेखकों को इसे भूलने की जल्दी न हो यह तो समझ में आने वाली बात है, लेकिन दलित जीवन के जो अन्य पहलू हैं उन पर भी उनका ध्यान जाना ज़रूरी है।

बी-5/एफ-2, —प्रो. विश्वनाथ त्रिपाठी
दिलशाद गार्डन
दिल्ली

(साभार—'प्रगतिशील वसुधा' अप्रैल-जून 2007 अंक 73 से)